Sonya
ソーニャ文庫

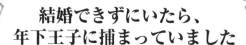

結婚できずにいたら、年下王子に捕まっていました

市尾彩佳

JN131509

イースト・プレス

contents

プロローグ 005
一章 014
二章 102
三章 147
四章 210
五章 267
エピローグ 305
あとがき 318

プロローグ

ビンガム伯爵の長女ジュディス・パレッドとの出会いは、彼女が十二歳のとき、王宮で開かれた社交界デビュー前の貴族の子女を集めたパーティーでのことだった。

当時五歳であったフレデリックは、母王妃に懇願されて仕方なくそのパーティーに出席していた。

パーティーが始まってすぐうんざりした。目の前に用意されたのは長蛇の列。ティングハスト王国第三王子であるフレデリックに挨拶しようとしている貴族の子供たちだった。

これから起こることは容易く想像できた。

(十歳より下とは話にならない。十歳以上になると下手に知識を身につけてるから厄介だ。自分のほうが物知りだと思い込んでマウントを取ってこようとする)

五歳にして王立図書館の本の大半を読み終えたフレデリックにとって、そんな彼らとの交流は時間の無駄であった。そんな時間があるなら、先人の知恵が凝縮された本を一冊でも多く読みたい。

挨拶を早く切り上げるべく、フレデリックは彼らに難解な質問を浴びせていった。答えられる者などいなかった。口籠(くちごも)った者たちは即座に下がらせた。答えを知らないのに知ったかぶりしようとする者たちも。質問を無視して新たな話題を振ってくる者もいた。興味深い話であれば聞いたが、稚拙な知識披露か自慢話のどちらかでしかなかったから、早々に話を打ち切らせ彼らもまた下がらせた。

(この調子でいけば誰も近寄らなくなる。人付き合いをしない僕を心配する母上には悪いが、それこそ願ったり叶ったりだ)

そんなことを考えながら挨拶の列を捌いていたとき。

フレデリックは運命の出会いを果たした。

——申し訳ありません。殿下の仰ることがわかりませんでした。わかりやすく教えていただけないでしょうか？

ジュディスはただ一人、他の子女とは違う受け答えをした。そのことにフレデリックは衝撃を覚えたが、すぐに我に返り皮肉めいた感想を抱いた。

(教えてほしいなんて、どうせ口先だけだろう？)

が、教え始めたところ。

——申し訳ありません。今のところをもう一度お聞かせいただけませんか？

——恐れ入りますが、質問してもよろしいでしょうか？

そんな前向きに学ぼうとする姿勢に、フレデリックは好感を抱いた。

ジュディスから感じたのはそれだけではなかった。彼女は特に美人というわけではない。

だが——言葉に迷うたび口元に寄せられる指先。緊張しているのか落ち着かなげに揺れる身体。時折浮かべる、ふんわりとした微笑み。それらが何故か眩しく見える。心臓はどこどこと早鐘を打ち、だというのに元凶といえる彼女からなかなか目を逸らせない。気付けば不躾に見詰めてしまっていて慌てて目を逸らす。それを繰り返していた。

そんな様子を母王妃や筆頭侍従にからかわれるも、自分の意思ではどうにもならない。しまいには言葉も出てこなくなって、筆頭侍従によって他の者より長めになった挨拶は打ち切られた。

その後も挨拶の列を捌かなくてはならなかったが、フレデリックはジュディスのことが気になってちらちらとその姿を目で追った。

彼女は誰を相手にしても、フレデリックと話していたときと変わりなかった。そのことに妙に苛立った。

(王子である僕を特別扱いしなかったからか？)

そう考えた瞬間、フレデリックは内心驚いた。

本で広い見識を得たフレデリックは、王子の生活そのものが特別であることを既に知っていた。安全で贅沢な暮らしと王立図書館の本を好きに読める特権は、誰にでも与えられるものではない。が、彼自身はそれ以上の特別を必要としていなかった。最高の授業も、多くの者にちやほやされる生活も、フレデリックには煩わしいものでしかなかった。

（その僕が、一介の伯爵の娘から特別扱いされたいだと？　いや、気の迷いだ。もしくは、他の者とは違う受け答えをしたあの者がほんの少し気になっているだけで……）

動揺を押し隠し挨拶に集中しようとしたときのことだった。

ジュディスが社交界デビュー間近と思われる六人の若者たちに連れ去られそうになっているのに気付いた。一人がジュディスの手を取り、もう一人がジュディスの肩を押し、他の者たちが周囲から彼女を隠すように並ぶ。奴らのにやけ顔を見て、フレデリックは全身が熱くなるような怒りを覚えた。

（ああいう顔した男が何をするか、僕は知っている――）

フレデリックの頭に、人目を避けているうちに入り込んでしまった客室の記憶が蘇る。だらしなくやに下がった貴族の男が、嫌がる侍女を組み敷いていた。男の荒い息。侍女は拒絶を訴えながらも、蕩けた表情をし艶めいた声を上げる。軋むベッドと粘ついた打擲音。本から得た知識でしかなかった男女の営みがそこにあった。

その後、フレデリックを探しに来た侍従によって事は露見し、貴族の男は侍女に誑かされたと主張し無罪放免、身も心も壊した侍女はふしだらな女という汚名を着せられ王宮から追い出された。

あのときは、世の中はそういう仕組みで動いていると学んだだけだった。クビになった侍女に対して何か思うこともなかった。

だが、ジュディスがかの侍女と同じ目に遭うと思った途端、記憶にある蕩けた表情と艶めいた声がジュディスのものにすり替わる。そしてジュディスを組み敷くのはあの少年たち——。

(そうはさせない！　ジュディスに触れていいのは僕だけだ！)

フレデリックは挨拶の場からいきなり走り出した。制止の声を無視し、止めようとする者の手を振り切って、今まさに会場から出ていこうとする彼らの中に飛び込む。

そうして、ジュディスのスカートにぎゅうっとしがみついた。

——僕、このお姉さんと遊びたい。

その場で若者たちを糾弾したいのをこらえて、フレデリックは無邪気なふりをしてジュディスを引き留めた。これで正解だった。若者たちの中には侯爵家の嫡男もまじっており、罪を問えばジュディスに責任転嫁されたに違いない。

ともあれ、フレデリックの介入で〝お楽しみ〟を邪魔された者たちは去っていった。怒りを押し殺して見上げると、ジュディスは花が綻ぶように微笑んだ。

「助けてくださってありがとうございます、殿下」

その瞬間、フレデリックは運命を悟った。

(彼女は僕のものだ)

それからすぐに母王妃に頼んで、ジュディスをフレデリック専属の遊び相手にしてもらった。彼女といるときに子供らしく振る舞うと、ジュディスのおかげでフレデリックが子供らしくなったと、王妃は喜んだ。演技はジュディスにも有効だった。悪戯好きの甘えん坊。世話の焼けるフレデリックに対し、ジュディスはよく面倒を見てくれた。

——殿下は甘えん坊さんですね。

両親と一緒にいることがほとんどないフレデリックを見て、ジュディスは淋しがっていると勘違いしたらしい。抱きつけば、抱き返して頭を撫でてくれた。子供っぽいことをするのは嫌いだったが、ジュディスが相手だとむしろ甘ったれた子供になりたかった。そうすれば、ジュディスに触れていられるから。運よくジュディスの膨らみ始めた胸に飛び込めたときには、天にも昇る気持ちでぐりぐりと頭を押し付けた。

(早く大人になりたいけれど、こういうことを大っぴらにできるのは子供の特権だな)

その特権を享受しすぎたのかもしれない。いや、かもしれないなどと誤魔化すのはやめよう。フレデリックは明らかにそれを享受しすぎた。フレデリックが胸に飛び込んでくるのをジュディスが抱き止めるのは、フレデリックのことを子供だと思い気を許しているか

らこそ。ジュディスにとってフレデリックは守り甘やかすべき子供でしかないのだ。

そのことを思い知らされたのは、社交界デビューを間近に控えたジュディスから衝撃的な一言を聞かされたときだった。それは本人にしてみれば何気ない一言だったのだろう。ただ、〝年下の遊び相手〟であるフレデリックにはその言葉が相応しいと思っただけで。

（もうすぐ十一歳になるにしては小さいこの身体がいけなかったのか？　く……っ、このままじゃダメだ。僕だって成長していることを、ジュディスにわからせなければ……！）

フレデリックはジュディスに何も言わず外遊に出た。

ジュディスを完全に手に入れるためには、結婚という制度を利用するのがいい──ジュディスが運命だと知ったその日のうちに、フレデリックは目指す方向を定めた。

侍女を弄んだ貴族の男。あの男がしていたことを、フレデリックはジュディスにしたかった。〝あれ〟をジュディスにしていいのは自分だけだ。だが、あの男のように蹂躙するつもりはない。フレデリックはジュディスの身体だけではなく、心も欲しているのだから。

フレデリックはそのための計画をすぐさま立て、着々と実行に移していった。幼いながらに外遊に出たのもその計画の一部だ。

ただ、本当の計画では出立前にジュディスと結婚の口約束をして、外遊中の手紙のやりとりで心の距離を縮めるはずだった。だが、ジュディスの一言に腹を立てたフレデリックは、意地を張って一度も連絡を取らなかった。

(身体だけじゃない。心も成長したところを見せつけてやるんだ)

そんなフレデリックの思惑は二年八か月後、再び打ち砕かれた。

ジュディスは初対面のときと変わらぬ笑顔でフレデリックを迎え、またもフレデリックにショックを与える。その言葉は八年くすぶり続けたフレデリックの恋と執着心を煽るだけの十分な威力を持っていた。

(そうくるならこっちだって！)

二年と八か月の間、ジュディスと連絡を取りたくて悶々としていたにもかかわらず、フレデリックはさらに四年六か月、その苦行に身を投じることとなる。

(次こそはもう逃がさないから)

三年弱では思うように成長しなかった身体を鍛えながら、フレデリックは固く決意するのだった。

一章

王都へ真っ直ぐに向かう街道を、何台かの馬車が列をなして走っている。そのうちの一台の馬車の車窓に、憂鬱な面持ちで外を眺める一人の女性の姿があった。

緩く波打つ栗色の髪。けぶるまつ毛に縁どられた、淡い緑の目。鼻は低めだが形よく、唇はふっくらとして可憐な花のように色づいている。

その小さな口からこっそり溜息をついた彼女は、ビンガム伯爵令嬢ジュディス・パレッドという。痩身ながらも肉付きのよい胸と臀部をした身体に、明るいベージュのワンピースドレスにコートという旅用の軽装をしている。傍らにはもっと寒くなったときのための毛織のショールと、日差しを遮るつばの広い帽子。今は十二月も終わり頃、冬が到来した季節。日に日に気温は低くなり、空はいつ雪が降り出してもおかしくない曇天だ。

ジュディスの目に映るのは、延々と続く田園風景だった。秋の収穫を終えた田園は、すっかり耕され、黒々とした土がむきだしになっている。このあと雪に閉ざされ、春になれば一面クローバーの花畑になることだろう。

今はない光景をぼんやり頭の中で思い描いていたジュディスは、窓の向こうに建物が通り過ぎたのを見て、胸の奥がつきんと痛むのを感じた。この先、建物はどんどん増えて馬車は下町に入り、その先の大きな門をくぐればもう王都だ。

(言うなら今しかないわ。今日こそ引き下がったりしないんだから)

ジュディスは決意も新たに、向かいの席に座る二人に話しかけた。

「お父様、お母様。王都に同行するのは、今年で最後にさせてください。ビンガム領に帰りましたら、以前にも話した通り修道院に入ろうと思うのです」

ジュディスがここまで強く言い切るのには理由がある。

ここティングハスト王国の貴族の娘は、二十歳になっても縁談がまとまらないと嫁き遅れと言われ、妻にするにはどこか問題があるのだろうと陰口を叩かれる。

今年二十五歳になったジュディスは、まさに嫁き遅れもいいところだった。社交界にデビューしてすぐの頃は、ダンスの申し込みのために男性貴族が列をなし、縁談も数々舞い込んできたものだった。しかし、それらはまとまる前にことごとく白紙に戻り、やがて社交界の人々から距離を置かれるようになってしまった。二年目には求婚はぱったりと途絶え、三年目の社交シーズンも同じ状況のまま幕を閉じる。この時点で二十一になったジュディスは、とうとう嫁き遅れとなった。

そんなジュディスに、両親は何度も何度も謝った。だが貴族の結婚には親の力が必要不可欠とはいえ、ジュディスにもきっと非はある。我が身を振り返りながらも、憔悴した両親をこう言って慰めた。

——お父様とお母様は十分よくしてくださったわ。わたしなら大丈夫。結婚できないなら別の生き方を考えればいいだけですから。

ちょうどその年、父が王宮での務めを引退することが決まり、社交シーズンが終わり次第母と所領に移り住むことになっていたので、ジュディスはそれについていった。

王都から遠く離れた田舎での暮らしは、ジュディスの傷付いた心を癒してくれた。山野が広がる豊かな自然。田園がどこまでも続き、村人たちは素朴で親しみやすい。

領内唯一の女子修道院では、困っている女性や子供を受け入れている。身寄りのない人や病人を一定期間預かったり、宿に泊まれない人たちに寝床を提供したり。父が定期的に寄付をしているのでお金に困っているわけではないが、所属する数人の修道女たちだけでは手が足りない。手伝いに行けばいつでも感謝される。

（これよ！　これがわたしの生きる道なんだわ……！）

奉仕することの喜びに目覚めたジュディスは、第二の人生について本気で考えるようになった。修道女になれるほどの信仰心はまだないかもしれないが、信仰にその身を捧げる修道女たちの手助けぐらいはできるはず。そして二十一歳、兄の結婚を見届けたのち、修道院に入りたいと両親に伝えた。が、家族はジュディスの結婚をどうしても諦められないらしい。両親ばかりでなく兄夫婦にも強く引き留められ、未だ願いは叶えられていない。それだけでなく、社交場には出なくていいからと懇願する母や手紙で何度も招待してくる義姉に絆されて、毎年社交シーズンに王都へ向かう両親に同行だけしている。

（でも、今年のわたしはひと味違う。何を言われても自分の希望を押し通すつもりよ）

「わたしには、もう縁談は望めません。わたしが修道院に入ることで外聞が悪くなるというのでしたら、わたしは病気だとか、外国へ行ったとか、適当に誤魔化してくださって構いません。ですからどうか、修道院に入ることを許してください」

必死な思いを込めて伝えたけれど、そこまで頑張る必要はなかった。

父親のビンガム伯爵ハロルド・パレッドは、白髪交じりの顎鬚を撫で付けながら間延びした声で言う。

「外聞が悪いなどとは思わないのだが……そうだなぁ。おまえももう二十五歳だ。希望通りの人生を歩み始めてもいい頃合いかもしれん」

ジュディスは拍子抜けした。

（今までどんなに頼んでも、説得してきたりはぐらかしたり泣き落としたりして許してくれなかったのに、こんなあっさりと……いったいどうしちゃったの？）

ぽかんとしていると、ジュディスと面差しの似た、ビンガム伯爵夫人である母ステラ・パレッドが、小皺の増えた顔に笑みを浮かべた。

「そうね。あなたの望みを聞かなかったことにし続けるのは、本当は辛かったの。今年のシーズンが終わったら、あなたが思う通りの人生を歩みなさい」

両親の優しさに触れ、ジュディスは目頭が熱くなるのを感じる。嫁き遅れのジュディスを責めることなく、優しく温かく接してきてくれた両親。

「ありがとうございます。お父様、お母様」

ジュディスは手提げ袋からハンカチを取り出して目元を押さえる。

「――も今年動くと仰せだからな」

「あなた！」

独り言ちる父とそれを咎める母に、ジュディスはハンカチを下ろして目を瞬かせた。

「な、何でもないのよ」

何を隠そうとしたかわからないが、基本的に素直なジュディスは問いかけたりしなかった。それよりも、心は別のことで占められる。

(今年のシーズンを乗り越えれば、人生の新たな一歩を踏み出せる……！)

車窓にはすでに田園風景はなく、馬車は賑やかな下町を走っている。間もなく王都だが、さっきとは違って新しい生活への期待で胸が膨らんでいた。

パレッド家が王都で所有している屋敷は、貴族街の中ほどに位置する、こぢんまりとはしているが庭付きの邸宅だ。ジュディスが以前、王子殿下の遊び相手に選ばれたときに王家より賜った。すでにその役目は辞しているが、屋敷は今もパレッド家が所有していて、兄夫婦は年中そこで暮らしている。

四か月ぶりの家族の再会を喜んだ翌日の午後、ジュディスに来客があった。

「ジュディス、久しぶり！　今シーズンも会えて嬉しいわ！」

「アントニア、わたしも会いたかったわ！」

玄関先で、ジュディスはアントニアと抱きしめ合う。

アントニア・ボーナーは、ジュディスの親友だ。唯一無二と言っていい。七年前、縁談が次々白紙になるにつれ人々から距離を取られていったジュディスに、ただ一人近付いてきてくれた人だった。

――ねえ、わたしたちお友達にならない？

その声を、ジュディスは今でもついさっき聞いたかのように覚えている。

今日の約束も、アントニアのほうから連絡があって急ぎ決めたものだ。――王都にいるのなら、すぐに会いたい――そう思ってくれる親友がいるということだけが、王都での楽しみであった。

透き通るような白い肌。滑らかな亜麻色の髪。愁いを帯びているようにも見える神秘的な灰色の目。小顔で愛らしく、小柄なせいもあって、二十五歳の今でも十代半ばに見える。

お互いよく顔を見てから、ジュディスが先に話しかけた。

「元気だった？　アントニア」

「ええ。ジュディスも元気そうね。よく日に焼けてる」

貴族の女性にとって、日焼けは大敵だ。ジュディスは頬に手を当てて慌てた。

「嫌だ。そんなに焼けてる？」

「いいじゃないの。それだけ奉仕活動を頑張ったっていう証なんだから」

アントニアは明るく笑い飛ばす。

「わたしの部屋へ行きましょう？　話したいことがいっぱいあるの」

「わたしもよ！」

ジュディスとアントニアは部屋に到着するのが待ち切れず、おしゃべりしながら階段を上がっていった。

ジュディスの部屋でテーブルに着きメイドがお茶を淹れている最中も、二人ともおしゃべりが止まらなかった。久しぶりに会うから話題が尽きることはない。

話題の多くは、ジュディスの田舎での生活についてだった。近隣の村のこと、修道院での奉仕活動のこと。何を話しても、アントニアは楽しそうに聞いてくれる。

話が途切れたところで、アントニアが羨望の溜息をついた。

「本当に楽しそうね。わたしも田舎暮らしができたらな……」

「よかったらしばらくウチのカントリーハウスに滞在しない？　アントニアなら大歓迎よ」

田舎でアントニアと過ごすというのもまた楽しそうだ。彼女が来てくれるなら、修道院に入るのを少し先にしてもいい。

けれどアントニアは、今度は残念そうな溜息をついた。

「行き帰りに半月くらいかかるのでしょう？　それだけの時間があったら、義理の息子にアパートメントを売り払われてしまうわ。今もまだわたしのことを嫌っていて、隙あらばわたしが相続したものを処分しようとするのよ」

アントニアが住んでいるアパートメントは、貴族街の外れにある。アントニアの前夫は再婚を機に王都で二人用のアパートメントを購入し、その夫亡きあとは遺言によってアントニアのものになったという。

「正直、夫を愛していたわけじゃないけれど、妻としてよくしてもらったのはわかっているわ。夫がわたしに残したいと思ってくれたのなら、その気持ちに応えたいと思うの」

あまり幸せな結婚ではなかったみたいなのに、律儀なことだ。

男爵の娘だったアントニアは、十六歳である子爵の後妻になった。実家の借金のかたも同然だったという。辛い結婚生活だったというが、子爵が不運にも事故死したことによって、数か月で終わりを告げた。その後実家に戻ったそうだが、喪も明けないうちに、今度は実家への援助と引き換えに老伯爵の後妻にされる。しかし、伯爵は高齢だったがために、わずか四か月でこの世を去った。義理の息子というのは、二番目の夫、前ブリッジ伯爵の嫡男で現ブリッジ伯爵だ。アントニアが財産目当てで老伯爵と結婚し、殺害したと公言して憚らない。そのせいもあり、齢十八にして二度も夫を亡くしたアントニアには悪い噂が付きまとっている。『婚約者がいようが、既婚者だろうが構わず誘惑して、多くの女性を不幸にし、男性を破滅に追い込む悪女』とか何とか。そんな話を、アントニアは何でもないことのように話す。気にしたって仕方ないと言って。

——事実無根よ。断っても断っても付きまとってくるから迷惑してるの。でも、人は物事を見たいようにしか見ないから。

アントニアはそう言って気丈に笑う。

一方ジュディスは、立て続けに縁談が白紙になったことでいろいろと憶測され、男性のみならず女性からも避けられるようになっていた。

そんな二人が出会ったのは、ジュディスの初めての社交シーズンが失意のうちに幕を閉じようとしていた頃の、ある夜会でのことだった。アントニアは喪中だったけれど、知人に強引に連れてこられたのだという。その知人はというと、別の女性に目移りして、アントニアのことは放ったらかしにしていた。

——断り切れなかったわたしも悪いのよ。もともと悪い噂を立てられていたのに、夫を亡くしたばかりで社交界に顔を出せば、非難の目を向けられるのはわかり切ったことだわ。

童顔で守ってあげたくなるような可愛らしい見た目でありながら、自分の悪評を初対面の相手に堂々と話して聞かせる強さを持つアントニア。そんな彼女に、ジュディスは好感を持った。

アントニアとはそれ以来の仲で、今年でもう八年目の付き合いになる。社交界から爪弾きにされた者同士、互いの存在を支えに貴族社会を生きてきた。

(でも、今年で最後ね……)

ジュディスは心の中で独り言ちる。

修道院に入ったら、王都から離れられないアントニアとはもう会えなくなるだろう。けれど、いい加減今の生活に区切りをつけて、新たな人生を歩み始めたい。

「ねえ。ジュディスは今年の社交界には出る？」

申し訳なく思いながら、ジュディスは控えめに微笑んだ。

「いいえ。今年も出ないわ」

アントニアは悲しげに顔を歪めた。

「そんな、せっかく王都まで来たのに……。でも、出ないほうがいいかもしれないわね。その……また噂が……」

言葉を濁し、遠慮がちにこちらに視線を向けるアントニアを見て、ジュディスは顔を引きつらせた。

（また何か噂を仕入れてきたのね）

アントニアは、自分の噂はすべて知っておきたい主義の人だ。自分の知らない噂をいきなり突き付けられて傷付くより、「あなたに言われなくたって知っているわ」と胸を張って言い返したいと思っている。

ジュディスは嫌な噂はできるだけ聞きたくないタイプなのだが、親友といえど性格に違いがあるのは当たり前。一度口に出してしまうと、言いたいことを言い終えるまで気もそぞろになる性質のアントニアには、気が済むまで話させたほうがいい。

ジュディスは笑顔を作りながら、何でもないことのように尋ねた。

「どんな噂？　遠慮せずに言ってくれていいのよ」

「じゃあ言うわね。『二十五歳になっても王都に出てくるなんて、まだ結婚を諦めてないのか』って」

（やっぱりいるわよね。そういうこと言う人）

ジュディスは苦笑いしてしまう。それを見て、アントニアは焦って言った。

「酷いわよね！　ジュディスは結婚相手探しのために王都に来てるんじゃなくて、ご両親の熱心な勧めを無下にできないから、ご両親に同行しているだけなのに。それにもっと酷いことも言うのよ。年増が求婚中の令嬢みたいに着飾ったって気持ち悪いだけだとか、いつまで経っても縁談がまとまらないのは男遊びをしているのを相手に見つかったからだとか――あっごめんなさい」

「ううん、いいの。聞かせてくれてありがとう」

(言ってすっきりしてもらえたなら、聞いた甲斐があるってものだわ)

そう自分に言い聞かせ、ジュディスは吹っ切れた笑顔を見せる。

アントニアは何故か驚いたように目を見開いたが、すぐに笑みを浮かべて話を戻した。

「ねえ、本当に社交界に出ないつもり？　今年はフレデリック殿下も帰国なさるっていうじゃない」

懐かしい名前を耳にして、ジュディスの胸に切ない痛みが走った。


ティングハスト王国第三王子フレデリック・エヴリン・ティングハスト。ジュディスはかつて、彼の遊び相手を務めていた。

きっかけはジュディスが十二歳のとき、社交界デビュー前の貴族の子供が集められたパーティーでのことだった。数人の年上の男の子たちに囲まれて少しばかり困っていたジュディスを、フレデリックが助けてくれた。そして、フレデリックはあとからやってきた母王妃に、ジュディスを遊び相手にしたいと言ったのだった。

遊び相手になるにあたって、ジュディスはいろんなことを聞かされた。第三王子は気難しいとか、子供がするような遊びをせず、一人になって読書をするのを好むとか。

けれど実際に相手をしてみたジュディスはこう思った。

(すごく物知りでとても賢いこと以外は、ごく普通の男の子だわ)

――ジュディス、かくれんぼしよう！　僕がかくれるから見付けてね！

――殿下！　その前にかつらをお返しください！　侍従の方がお困りです！

天真爛漫で、少々悪戯が過ぎる甘えん坊さん。両親である国王夫妻は公務で忙しいため、なかなか甘えられないからだろう。

――明日も来てくれる？　じゃなきゃ帰さない。

――承知いたしました、殿下。ですからスカートを掴んでいるその手をお放しください。

毎日のように王宮へ呼び出され、友達を作る暇がなかった。けれど、フレデリックと遊ぶのは楽しくて、彼に甘えてもらえるのも嬉しかった。

王妃が許可したのをいいことに、王宮の庭を駆け回ったり木登りをしたりして遊んだ。

――殿下！　そろそろ、休憩、なさいませんか？

――ジュディス、疲れちゃった？　じゃあいつもの木陰で休もう。今日は隣国の歴史を聞かせてあげる。

勉強もした。教師はフレデリックで、ジュディスは生徒だった。毛布の敷かれた大木の木陰が教室で、ジュディスがフレデリックに膝枕をし、思いつくままに語られる彼の話に耳を傾けるのがいつもの授業風景だった。普通の貴族の娘が学ぶことのない、政治や諸外国の歴史まで学べて、有意義な時間を過ごせた。

身分差を考えたらおこがましいけれど、親友と言っていいくらい仲良しだと思っていた。けれど、ジュディスが社交界デビューを間近に控えたある日のこと、他愛のない話をしていたはずが、フレデリックを酷く怒らせてしまった。社交界に関する話をしていたと思うのだけれど、怒鳴られたことがショックでよく覚えていない。そんなだから何がいけなかったのかさっぱりわからない。が、フレデリックの機嫌を損ねてしまったことは間違いなく、以来ジュディスは王宮に呼ばれなくなった。

それから程なく、フレデリックは敏腕外交官トレバー・カニングに師事するため外国へ行ってしまった。

再会したのは、それから三年近く後のこと。ジュディスが二十一歳になり、三度目の社交シーズンも失意のうちに終えて、王都を去ろうと決意した頃のことだった。ジュディスは一時帰国していたフレデリックに「僕が婚約してあげようか？」と言われた。

——賢くてもやっぱり子供だわ。

婚約したって、結婚できなければ意味がないとわかっていない。他国の王女や国内の有力貴族の令嬢ならともかく、大して力もない伯爵家の娘で七歳も年上のジュディスが、王子の結婚相手として許されるわけがない。婚約でさえも、国王と議会の承認は得られないだろう。

それに、十三歳の子供にまで心配されてしまったことが恥ずかしかった。それで大人らしくやんわりと断りを入れたら、言い方がまずかったのだろうか、またフレデリックを怒らせてしまった。

彼とは、それっきり会っていない。


自分の思考にふけってしまったジュディスをよそに、アントニアはわくわくした様子で話を続ける。

「ほら、今年十八歳におなりでしょ？　成人なさるから、社交界にも出てこられるはずよ。ジュディスなら、昔のよしみで声をかけていただけるんじゃない？」

遊び相手でなくなったいきさつは話したことがあるけれど、それが理由でジュディスがフレデリックに会うのを気まずいと思っていることには、アントニアは気付かないらしい。

(まあ、気まずいとかいう以前の話よね)

ジュディスは肩をすくめて自嘲気味に笑った。

「社交界にお出になられても、わたしに声をかけてくださることはきっとないわ。殿下とのご縁はとっくに切れてるの。それに」

今が言うべきときだと思い、ジュディスは明るく告げた。

「今年を限りにもう王都には来ないつもり。領地に帰ったら修道院に入るの。お父様がようやく許してくれたのよ」

話し終えたとき、ジュディスは（ん？）と思った。アントニアが変な表情をしたように見えたからだ。でも気のせいだったようで、彼女は泣きそうな顔をしながら訴えてきた。

「どうしてジュディスが修道院に入らなければならないの？　ご両親やお兄様夫婦に出ていくよう言われているのではないのでしょう？」

「実を言うとね、結婚できないなら別の人生を歩まなきゃってずっと思っていたの。修道院のお手伝いをしているときに、これこそがわたしの進むべき道だと気付いたのよ」

「そんな……」

そう呟いたきりアントニアは言葉を失い、両手に顔を埋めて肩を震わせる。

ジュディスは申し訳なく思いながら話しかけた。

「こんな決断をしてごめんなさい。でも、これからのことが決まって今は気分がとても晴れやかなの。できたら、わたしの門出を祝福してくれると嬉しいわ」

アントニアはくしゃりと顔を歪ませたあと、潤んだ瞳をジュディスに向けた。

「どんなに離れたって、わたしたちは親友だからね」

「……ありがとう」

胸が詰まってしまい、すぐには返事ができなかった。

年が明けて早四日。ジュディスは辻馬車に乗って西の孤児院に向かっていた。治安が少々悪い地域なので、平民が普段着ているような着古したシャツとベストにロングスカート、寒いので古びたコートもまとっている。膝の上には差し入れを詰めた大きなバスケットを抱えていた。

西の孤児院に通うようになって五年目になる。きっかけは、義姉から聞いた話だった。

——他の孤児院には皆さん喜んで行ってくださるのだけれど、西の孤児院だけは場所が場所だけにどうしても遠慮なさってしまうの。

ジュディスはひらめいた。その孤児院ならば、貴族の誰かとかち合うことはないはず。社交は避けたいけれど奉仕活動はしたい自分にぴったりだ。すぐさま義姉から場所を聞いて通い始めた。西の孤児院の窮状を知ってからは自分に都合の良い考えを恥じて改めたこともあり、王都に滞在中は頻繁に訪問している。

車窓から外を眺める。降雪後の冷え込みが日の光で多少暖められた中、馬車が進む合間を縫って人々が忙しなく行き交っている。その様子を眺めながら、ジュディスはぼんやり思った。

(今日は、殿下の十八歳のお誕生日……)

柔らかな金色の髪をした天使のような男の子を思い出す。誕生日が間近に迫るとジュディスにお祝いしてほしいと強請り、当日は朝早くに呼びつけ、日が暮れるまで帰そうとしなかった。彼の生誕を祝う園遊会が開かれ、たくさんの貴族が出席したけれど、彼は決まってジュディスを伴い、その会を抜け出していたっけ。大慌てで探す侍従や衛兵たちとのかくれんぼ。見つかったら、彼と一緒にジュディスもこってり絞られた。王妃が途中で取り成し放免されたことも含めて、今となってはいい思い出だ。

けれど七年前、彼を怒らせてしまったあとの誕生日、予定されていた生誕祝いの園遊会は中止となり、以降、彼の誕生を祝う公式行事は行われていない。

(帰国した今年はどうなるのかしら？　生誕の催しの話は聞かないけど……)

そんなことを考えているうちに、馬車は孤児院に到着した。

ジュディスが通う孤児院は、王都西側にある下町の、アパートに囲まれた古い二階建ての建物だ。ジュディスは料金を払って辻馬車を降り、バスケットを持ち直して、背丈ほどの木戸を押して中に入った。孤児院の隣には土が剝き出しの庭があって、そこで十数人の子供たちが遊んでいる。ジュディスに気付くと、子供たちは笑顔で駆け寄ってきた。

「ジュディスお姉ちゃんだ！　こんにちは！」

「ババア！　今日は何持ってきた？」

「ババアって言ったのは誰!?」

「食いモンじゃねえのかよ」

「勝手にバスケットの中を覗くんじゃありません！」

怒ったり叱ったりしながらも、ジュディスの頬は緩みっぱなしだった。

憎まれ口を叩いたりいたずらしたりするのも、ジュディスを慕ってくれているからこそ。

彼らの存在に、貴族社会に居場所のないジュディスは慰められていた。修道院に入ってしまったら、この子たちとは二度と会えない。途中で見放すことになるから心苦しい。

（でも、希望する子を一緒に修道院へ連れていったらどうかしら？）

この孤児院では世話をするので精一杯で教育が行き届かなく、子供たちは慰問のない日、退屈して過ごしていると聞く。ジュディスが入る予定の修道院で畑の世話や裁縫をお手伝いしてもらえたらすごく助かるし、ここよりも環境がよくて食べる物にも困らない。仕事の合間にはジュディスが読み書きを教えてあげられるから、大人になったとき仕事を見付けやすくなる。

不意に思いついた案に、ジュディスの心は躍ってしまう。

（待って待って。一人で勝手に先走るのはいけないわ。まずは修道院長様と孤児院の院長先生に相談しないと……）

庭の隅で洗濯物を干していた年配の女性も近付いてくる。

「ジュディス様、ようこそおいでくださいました」

「院長先生、こんにちは」

孤児院は人手が足りないので、院長も大忙しだ。運営管理だけでなく、料理に洗濯にと毎日忙しく働いている。

ジュディスはバスケットにかけていた布を除けて、中から布の袋を取り出した。

「前回足りないと伺っていた薬草を持ってきたの」

「まああ！　ありがとうございます！　でも本当によろしいんですか？　ジュディス様のお屋敷で足りなくなったりは……」

「大丈夫。実はこちらに差し上げようと思って、わたしがビンガム領の女子修道院で育てて乾燥させたものなの。押し付けになっちゃいけないと思って前回持ってこなかったんだけど、足りないって聞いたから。作った甲斐があったわ」

「なんだぁ、薬草か」

「これ！　申し訳ありません、ジュディス様。子供たちが病気になったときのための薬草を持ってきていただいたのに」

院長に袋を渡しながら、ジュディスは笑って言った。

「仕方ないわ。元気な子には関係ないものですもの。――さあ、良い子はいらっしゃい！ジュディスお姉ちゃんが焼いてきたビスケットがあるわよー！」

薬草の下に敷いてあった布をめくってビスケットを見せる。一度がっかりさせてから喜ばせる——ここの子たちはこういうちょっとしたサプライズを楽しんでくれる。今日も手を叩いて歓声を上げた。

院長先生に断りを入れてから、子供たちと一緒に孤児院の建物の中に入る。

「お行儀よく席に座った子からビスケットを配るわよ！」

元々中にいた子もいるので、人数はさらに増える。良い子はもちろん、ジュディスをバアと呼んだ子も、勝手にバスケットの中を覗いた子も、先を争って席に着いた。ジュディスは順番にビスケットを手渡していく。

目を輝かせてビスケットを受け取り美味しそうに頬張っている子供たちを見守りながら、ジュディスは口元を綻ばせた。

（そういえば、フレデリック殿下もこのビスケットを召し上がってくださったことがあったわね……）

遊び相手に選ばれてすぐの頃、王宮にこっそりビスケットを持っていったことがある。王宮で出される砂糖をいっぱい使ったお菓子も美味しいけれど、ジュディスは家の料理人が作る優しい甘味のビスケットのほうが好きだった。だから、王宮のお菓子をしかめっ面して食べるフレデリックに、そのビスケットを分けてあげたいと思った。すぐに侍従に見つかって「何が入っているかわからないものを王子殿下に食べさせるなんて」と叱られたけれど、フレデリックが庇（かば）ってくれて、嬉しい言葉をくれたことを覚えている。

──この優しい甘さが、僕は好きだよ。

あれから十三年。修道院で同じものを作るのを手伝ったとき、実は平民の保存食だったと知って、ジュディスは恥ずかしくなった。家の料理人に聞いたところ、使用人のために焼いたビスケットを幼い頃のジュディスが強請るようになったため、主人一家のお茶の席にも並べられるようになったのだという。その事実を知ったからといって食べるのが嫌になったわけではなく、今でも好きなお菓子だ。けれど、高価な砂糖や蜂蜜の代わりに作物の根から採れる甘味料を使ったビスケットは、王子にあげていいものとはとても思えない。嬉しかったあの言葉も、フレデリックの優しさだったのだろうと今ならわかる。

思い出に浸っていると、背後から不意に声をかけられた。

「私にも一枚もらえるかな？」

若い男性の声。驚いてとっさに入り口のほうに振り返って。

ジュディスの呼吸は止まった。

柔らかそうな金色の髪。青色の澄んだ瞳。力強い直線を描く眉。通った鼻筋、シャープな印象の顎。そして柔らかく弧を描く薄い唇。

（なんて綺麗なの……）

その美しい顔に、ジュディスは自分が今どこで何をしているのかも忘れて見惚れる。

少しして、ふと思う。

（このお顔、どこかで見たような……？）

内心首をひねっていると、男性の唇からどこか懐かしい声が零れた。

「私のこと、忘れてしまった？」

「も……申し訳ありません。どこかでお会いしたようですが、覚えていなくて……」

手掛かりはないかと視線を下ろし、ジュディスはぎょっとした。

（純白の生地に金色の飾緒……！　王族の式典用の衣装だわ。ということは、この方は王族？）

ジュディスは混乱しながらも思考を巡らせる。

（どうして王族の方が式典用の衣装をお召しになって下町の孤児院にいらっしゃるの？　それよりこの方はどなた？　お歳は二十歳前後かしら？　王族にその年頃の方はいらっしゃったかしら？　そういえばフレデリック殿下に似てる……？）

などとぐるぐる考えていると、女の子たちの間から歓声が上がった。

「王子様みたーい！」

女の子が一人、男性におずおずとビスケットを差し出す。

「これどうぞ。食べかけだけど……」

ジュディスは我に返って、女の子と男性の間に割って入った。

「まだあるから、ミリー、それはあなたが全部食べていいのよ。――お口に合うかわかりませんが、よろしければどうぞ」

　バスケットから新たに一枚取り出し、両手のひらに載せて男性に差し出す。

（差し上げてもいいのかしら？　誰かに怒られなければいいけれど）

　ひやひやしていると、男性は微笑んでビスケットを手に取った。

「ジュディスの手作りなんだって？　丁度いいときに来られてよかったよ」

（やっぱりわたしのことをご存じでいらっしゃる……いったいどなたなの？）

　息を詰めて見守るジュディスの目の前で、男性はビスケットを角度を変えつつしげしげと眺めると、口元に運んで半分齧る。サクサクと軽い咀嚼音がしたのちに呑み込み、唇をぺろりと舐める。それがやけに艶めかしくてどぎまぎしながらも目を離せずにいると、男性はちらっとジュディスに目を向けて楽しげに口元を綻ばせた。

「十三年ぶりに食べたけれど、ジュディスの手作りだからかな？　前よりずっと美味しいよ。私の好きな優しい甘さは変わらないね」

（〝優しい甘さ〟？　十三年前って――）

　ジュディスは驚愕して目を見開いた。

「ま……まさか……」

　男性は悪戯っぽく唇の端を上げる。

「わかった？　さて、私はいったい誰でしょう？」

「フ……フレデリック殿下……？」

ジュディスは恐る恐る尋ねる。残りのビスケットも食べ終えた男性は、宗教画の青年天使のような顔(かんばせ)に、魅力的な笑みを浮かべた。

「当たり。ただいま、ジュディス」


五年くらい前、ほんの少し再会しただけですぐまた外国へ行ってしまったフレデリック。彼の活躍はジュディスの耳にも届いていた。

弱冠十四歳で相手国から外交の場に同席するよう求められ、十五歳で外交官に任命される。そして十六歳になったとき、フレデリックは当時の国務大臣がその地位を利用して予算を着服していた証拠をまとめて議会に提出した。国務大臣は罷免、爵位も剝奪されて罪を犯した高位貴族が収監される館に生涯幽閉となった。

王子とはいえ、たった十六歳の少年が成し遂げたこの功績を人々は称賛し、国内でのフレデリックの人気は高まっていく。

その一年後、フレデリックは師であるカニングから引き継いでいた、過去に各国と締結され今や形骸化した友好条約の締結し直しを完遂した。難しいと思われていた、ティングハスト王国を狙っていた隣国との条約締結し直しも実現させている。この功績が讃えられ、彼はカニングと並ぶ敏腕外交官として諸外国で名を馳せるようになった。

幼い頃、王宮の庭を駆け回って遊んだ日々が嘘のよう。フレデリックは、ジュディスの手がまったく届かない存在になってしまった。嫁き遅れて社交界にも居場所を失った女と知り合いだなんて迷惑なだけだろう——そう思っていたのに、彼は天使の微笑みを湛えて、今ジュディスの目の前に立っている。

事も無げに帰還の挨拶をするフレデリックに、ジュディスはますます混乱した。

「ええ!?　でもフレデリック殿下はわたしより小さくて……」

フレデリックは呆れて溜息をつく。

「いつの話をしているの？　私はもう十八歳だよ？　大きくもなるよ」

（〝僕〟じゃなくて〝私〟って仰るんだもの。それに口調も違う。フレデリック殿下だと言われてもぴんとこない——って嫌だ。わたしったらどうしちゃったのかしら。殿下のことをまともに見られない）

妙に気恥ずかしくもあって、ジュディスは肩をすぼめて俯く。

ジュディスとフレデリックのやりとりを呆然と見ていた男の子のうち数人が、はっと我に返って喚き出した。

「ブ……っ、ブガイシャは入ってきちゃいけないんだぞ！」

「そーだそーだ！」

そう言って突進してくるので、ジュディスは慌ててフレデリックを背中に庇った。

「待って！　この方は」

そのとき、背後から両肩に手を置かれ、ジュディスは驚いて言葉を失う。

こんな手、知らない。大きくて硬くて力強くて。ジュディスの知っているフレデリックの手は、小さくてほっそりした柔らかい子供の手で。今感じている手は彼の手だとわかっているのに、記憶とあまりに隔たりがあって混乱する。

そんなジュディスの耳で、頭の芯を震わせるような響きを持つ低い声が聞こえてくる。

「院長先生が入っていいって言ってくれたんだ」

「皆、聞いてちょうだい！　こちらの方は第三王子フレデリック殿下ですよ」

院長が紹介すると、子供たちはびっくりして大声で叫んだ。

「きゃー！　本物の王子さま!?」

「うそだあ！」

「皆静かに！　静かに！」

院長の声はもう子供たちの耳に届かない。

大騒ぎになっているのに、ジュディスはそれどころではなくなっていた。

(耳が熱くて胸がどきどきする……どうしちゃったの、わたし。殿下は七つも年下の男の子なのに)

二十歳までに縁談がまとまらなければ嫁き遅れと言われる国だから、女性の恋愛対象は同年齢以上に限られてくる。一つ二つ程度なら許容範囲だけれど、七つも年下となればまったくの対象外だ。つまり、男性の側からも同じことが言えるわけで。

（わたしが殿下にどきどきしてるなんて知ったら、殿下は嫌な気がするに違いないわ。こんなどきどき、気の迷いよ。全然知らない人に見えるから、それで……）

でもわかってる。全然知らない人なら、誰にでもどきどきするわけじゃない。かっこよすぎるのだ。青年天使のような容貌に、均整の取れたスマートな身体。仕草や口調が洗練されていて、ふとした動作に大人の色気まで感じてしまう。

ふと我に返れば、物怖じしない女の子がフレデリックの前へやってきて話しかけていた。

「王子さまは何をしに来たの？」

「こっこれ！　王子殿下に直接声をおかけしてはいけません！」

院長先生は慌てて女の子に駆け寄ろうとするが、フレデリックはそれを止め、膝をついて女の子と視線を合わせる。

「何をしにここへ来たと思う？」

「お姫さまをむかえにきたんでしょ？」

「正解」

「きゃあ！　やっぱり!?」

「王子さまはお姫さまとけっこんするのよね？」

「そうだよ」

他の女の子たちも加わってはしゃぎ出す。

（そういえば、そんな内容の絵本を読んであげたことが……。それにしても、空想話がお嫌いだった殿下が、女の子たちの夢物語に付き合ってくださるなんてびっくりだわ）

「ねえ王子さま。だったらジュディスお姉ちゃんをお姫さまにしてくれない？」

それを聞いてジュディスはぎょっとする。

「待って。そういうお話は」

「そうだぜ！　王子さまの兄ちゃん、そこのババァをお姫さまにしてやってくれよ！」

「誰がババァですって!?」

「ババァは貴族のお姫さまなのに、まだ王子さまが来ないんだ！」

「お姉ちゃんみたいな人を、貴族さまたちはいきおくれって呼ぶんでしょ!?　お姉ちゃんがかわいそうよ！」

「オレたちにおやつを持ってきて遊んでくれるいいヤツなのに、ヒドイと思わねぇか!?」

いたずら男子たちも加わってわあわあ騒ぐものだから、収拾がつかなくなってしまった。

しかもその内容が内容だ。

（皆、そんなふうに思ってたのね……）

小さな子供たちにまで同情されて、彼らの成長を嬉しく思うも自分自身が情けない。その上フレデリックに聞かれてしまうなんて。

（今すぐ逃げ去りたい……！）

ジュディスは俯いて羞恥に耐える。

「うん。そのために来たんだ」

子供たちに合わせて話をするフレデリックに、「きゃあ」という黄色い歓声が上がる。

「じゃあ、お姉ちゃんをお嫁にもらってくれるのね？」

「もちろん」

（殿下、そこまで言うのはやりすぎです……）

このまま夢物語を続けさせるわけにはいかない。子供たちが真に受けてしまう。

（ここは恥を忍んで、作り話だということを皆に話さなきゃ）

拳に力を入れて覚悟を決めたそのとき、身体がふわりと持ち上がる。

身体が揺れるのが怖くて手近なところに摑まれば、それは大きくがっしりとした肩で。

目の前には青年天使の美貌が。

「！！！！」

「きゃー！　お姫さま抱っこー♡」

ジュディスの声にならない悲鳴と、女の子たちの黄色い悲鳴が重なる。

「それじゃあ、ジュディスを連れていかせてもらうね」

魅力的な微笑みを振りまいて、フレデリックは外に向かって歩き出す。ジュディスはまじまじと彼を見詰めてしまった。

(信じられない……あの小さくて細かった殿下が、こんなに力持ちになるなんて)

驚きのあまり、皆に説明しなければならないことをすっかり忘れてしまう。

子供たちはにまにましながらジュディスを幾度も見上げついてきた。これはなかなか恥ずかしい。

「で……殿下、下ろしてください」

「ダメ」

ちょっと意地悪く笑うフレデリックもかっこよくて、ジュディスは顔を赤らめる。頭の中は大混乱だ。

(この方はフレデリック殿下で、でもわたしの知っている殿下は小さくて愛らしくて。たった五年でこんなにも変わるものなの？？？)

建物を出たところで、院長が待っていた。慈愛の微笑みを湛えてジュディスを見詰めてくる。

「ジュディス様、本当によかったです。神はやっぱり見ていらっしゃるのですね。あなたのような心優しい方を嫁き遅れなんて後ろ指をさされたままにされるわけがなかったんで

す。お相手が王子様ですもの。これからは胸を張って日の下を歩いていってください。王子妃になられるのですから、こちらに通っていただくことは難しいでしょう。わたしたちのことはお気になさらず。今までありがとうございました。どうぞお幸せに」

(院長先生までそんなことを考えてたなんて……とほほ)

ジュディスの泣きたい気持ちも知らず、院長は子供たちに声をかける。

「さあ、あなたたちも」

それを号令に子供たちは入り口にずらりと並び、最年長の子の「せーの」という合図のあとに、声を揃えて言った。

「ジュディスお姉ちゃん、今までありがとうございました。どうぞお幸せに」

その声は、周囲の建物に反響する。すると孤児院の外からも祝福の声や拍手が聞こえてくる。何事かと思って周囲を見回そうとしたジュディスは、すぐあるものが目に入ってそちらに気を取られた。

背丈ほどの古びた木の外壁の向こうに、白塗りに金の装飾が施された馬車の車体が見える。その馬車を引いていると思われるのは真っ白な四頭の馬。

(これって、王家の方々が公式行事でしかお乗りにならない特別な馬車じゃないの！)

その馬車に乗せられそうになって、ジュディスは大いに慌てた。

「まっ待ってください！　この馬車は……！」

フレデリックは平然と答えた。

「大丈夫。国王陛下には許可を取ったから」

（わたしが乗っていいと国王陛下が許可を？　そんな馬鹿な）

愕然としている間に、フレデリックはジュディスを抱っこしたまま馬車に乗り込む。座席に座らせてもらっていると、がやがやと騒がしい馬車の外からある会話が聞こえてきた。

「孤児院の誰かが王子様に見初められたんだと」

「違うって。孤児院に奉仕に来てる貴族のお嬢様が王子に見初められて結婚するんだ」

「それで金が配られてるんか。祝いの振る舞い金ってやつだな。もらい損なわねぇよう急ぐぞ」

（こ……子供たちの夢物語が、何でこんな大事に……）

説明を求めて向かいの席に座ったフレデリックを見れば、彼はにっこりと優美に笑う。

（うっ眩しい）

外から道を空けよという男性の声がして、馬車がゆっくりと動き出す。孤児院のほうに目を向ければ、木戸の手前には子供たちが。

「お幸せに！　ご結婚おめでとうございまーす！」

路地に響き渡る大合唱に、ジュディスは心の中で叫んだ。

（わたしは結婚しに行くわけじゃなーい！）

馬車が大通りに出て軽快に走り出したところで、フレデリックが話しかけてきた。

「ジュディス？　緊張してる？」

「はっはいっ！」

声がひっくり返りそうになる。フレデリックは背もたれの上に片腕を置き、足を組んでくすくす笑った。

「そんなに緊張しなくてもいいのに」

「緊張しないなんて無理ですっ」

(だらしない姿勢まで、何でそんなにかっこいいの……！)

こんな美形と二人きりになれば、大抵の女性は緊張の一つや二つはする。それに。

「目の前にいらっしゃる方がフレデリック殿下だなんて、まだ信じられなくて……」

目も合わせられず、俯いてかちこちになっていると、ぼそっと何か聞こえてきた。

「しょうがないなぁ」

「？　すみません。何か仰いましたか？」

反射的に顔を上げた瞬間、目にした光景に胸がいっぱいになった。

「ちょっと独り言を言っただけ。気にしないで」

足を開いてその間の露わになった座面に両手をつき、ジュディスを見詰めて小首を傾げる。小さかったフレデリックは、よくそのポーズを取ってジュディスをきゅんとさせた。

そして、ジュディスをめろめろにさせた甘えん坊さんな口調。

「ほ……本当に殿下なのですね……！」

「…………子供っぽいことしなきゃ認識してもらえない私っていったい……」

「え？」

「ううん、何でもない」

フレデリックが子供っぽい笑顔を作ると、面影が色濃くなった。

(この方は間違いなくフレデリック殿下なんだわ)

確信したのと同時に胸に迫ってきたものは、再会の喜びではなく、切ない痛みだった。

「どうかした？」

「あの……怒ってらっしゃらないのですか？」

おずおずと尋ねたジュディスに、フレデリックはまったくわからないといった様子で首を傾げる。

「え？　怒る？　何で？」

「五年前、怒って行ってしまわれたあと、まったく便りがなかったので、わたしのことはもうお嫌いなのだとばかり……」

フレデリックは申し訳なさそうに微笑んだ。

「ごめん。あのときはちょっと意地を張っちゃっただけなんだ。嫌ってなんかないよ。今でもジュディスのこと好きだよ」

子供っぽい好意を告げられて、ジュディスは安堵する。

(やっぱり殿下はまだ子供よね。十八歳の誕生日を迎えたからといって、一足飛びに大人になるわけじゃないもの)

そう思うと心に余裕が出てきて、孤児院での出来事を思い出す。

ジュディスは姿勢を正し、顔をきりっと引き締めて尋ねた。

「そういえば殿下。どうしてあんなことをなさったんですか?」

「あんなことって?」

不思議そうに聞き返され、ジュディスはうっと喉を詰まらせて顔を赤らめる。

「で……殿下がわたしと——その、結婚なさると仰ったことです。子供たちの話にお付き合いくださったのは嬉しいのですが、次に孤児院に行くとき、どんな顔をしてあの子たちに会えばいいか……」

(否定し切れなかったわたしも悪いけれど……)

居たたまれない思いをしながらぼそぼそと話したジュディスに、フレデリックは何でもないことのように話す。

「気にすることないよ。本当のことにすればいいんだから」

「！　そういうご冗談はおやめください！」

「冗談のつもりはないんだけど、まあいいや。少なくとも、ジュディスを迎えに来たのは本当だよ。僕の誕生日を君にお祝いしてもらいたくて」

思わずジュディスは噴き出しそうになった。

「そうやってお誕生日のお祝いを強請られるところはお変わりないですね。――あ！　申し訳ありません。お祝いを先に申し上げなくて。フレデリック殿下、お誕生日おめでとうございます」

「ありがとう」

フレデリックの笑顔が眩しすぎて、ジュディスは思わず目を逸らす。そのついでに気まずい話をした。

「それで、あのう……今日がお誕生日なのは覚えていたのですが、プレゼントは用意してないんです」

「気にしないで。僕が欲しい誕生日プレゼントは物じゃないんだ」

朗らかにそう言ってくれるフレデリックに、ジュディスはほっとしながら尋ねる。

「ということは、わたしが殿下に何かして差し上げればよろしいのでしょうか？」

「うん。でもその前についてきてほしいところがあってね」

「どこへついていけばよろしいですか？　わたしは何をして差し上げればよろしいので

しょう？」

「それはまだ秘密」

　フレデリックは悪戯っぽく唇に人差し指を当てる。ジュディスはつい噴き出してしまった。

「教えてくださらなければ、して差し上げられないじゃないですか」

「大丈夫。そのときになったら言うから。それよりさ、会わなかった間ジュディスはどんなことをしてたの？　さっきは孤児院にいたけど、あそこの孤児院にはよく行くのかな？」

「はい。西の孤児院には貴族の方々が慰問に訪れないと耳にしまして。その、最初の動機はどなたとも会わずに済むから気が楽だなぁってことだったんですけど、行ってみてどれだけ大変なのかわかって。それで、わたしのできる範囲でお手伝いしているんです」

　幼い頃話し上手だったフレデリックは今や聞き上手にもなっていて、ジュディスから次々話を引き出していく。

　気付けばビンガム領の女子修道院に孤児院の子供たちを連れていきたいという話までしていて、結婚云々の話を撤回してもらう約束を取り付けることを忘れてしまっていた。

　おしゃべりの合間に窓の外に目を向けて、ジュディスはぎょっとした。

　白い大理石が眩（まばゆ）い壮麗な大門。その大門をくぐり抜けて馬車が右の道へ進むと、美しく広大な庭園の中に絢爛な建物がぽつんぽつんと見えてきた。ぽつんと言っても、建物一つひとつは王都にある有力貴族の豪邸より大きい。つまりここは。

(何でわたし王宮に連れてこられているの!?)

かつては毎日のように通っていた場所だけれど、社交界から遠ざかっているジュディスにとっては畏れ多い場所だ。しかも、今のジュディスは平民のような服装をしていて、王宮を訪れるには全然まったく相応しくない格好なのだ。

「殿下！　あのっ、申し訳ないのですが、一度家に帰らせてください。せめて着替えを……！」

内心冷汗だらだらのジュディスに、フレデリックは上機嫌で答えた。

「気にしなくていいよ。エメラルド宮に到着したら着替えてもらうから」

「エメラルド宮、ですか……？」

「帰国にあたって、国王陛下から下賜されたんだ。僕の住まいにするようにって」

フレデリックは何でもないことのように言う。そんな彼に、ジュディスは胸を痛めた。

(帰国したばかりだというのに、別宮殿だなんて……)

フレデリックには、家族と過ごす時間がほとんどなかった。両親である国王夫妻は公務に忙しく、兄王子二人は歳が離れていて、フレデリックが五歳のときには勉学の傍らすでに公務の一端を担っていた。ジュディスが毎日のように王宮へ通ったのはそのせいである。

彼は家族と一緒にいられない淋しさを、ジュディスと過ごすことで埋めていたのだろう。

だが、フレデリックは十一歳になる直前に外国に行き、七年余りの間に帰国できたのはわずか一回。その間、彼はどうやって淋しさを紛らわせていたのか。

第三王子となると国王になる可能性は低いため、別の将来を与えようとする国王たちの考えはわかる。けれど、たった十歳で外国に放り出して長年帰国させず、帰国後家族の絆をろくに確かめ合うこともしないで別宮殿に追い出すような真似をするなんて。

「それじゃお淋しいのではありませんか？」

「え？　ジュディスがいるからぜーんぜん淋しくないよ？」

「殿下！　茶化さないでください！」

（殿下はふざけることでどれほどの淋しさを呑み込んできたの？）

目頭が熱くなってくる。

涙をこらえるジュディスを見て、フレデリックは慌てて言った。

「そんなに心配しなくても大丈夫だよ。君も知ってる通り、国王陛下と王妃陛下とはそんなに親密な関係じゃない。久しぶりにお会いしたからといって特にお話ししたいことなんてないんだ。両陛下がお住まいのダイヤモンド宮に部屋をいただくとうっかり行き合ってしまいそうで気まずいから、独立した宮殿をいただけるのはありがたいよ」

この言葉を強がりだと疑うジュディスに心配させまいとしてか、フレデリックは楽しそうに話す。

「住まいとして使うから、宮殿全体を管理する家令もいるんだよ」

（わたしったら、心配した相手に心配され返してどうするの。下手な気遣いより、調子を合わせたほうが殿下は喜ばれるわ）

「殿下のご様子からして、その家令さんのことを気に入ってらっしゃるんですね？」

　フレデリックは何故か顔を引きつらせ、またぼそっと何かを呟く。

「……〝家令さん〟って、私のこと完全に子供扱いだな」

「え？　何て仰いました？」

「ジュディスは僕のことよくわかってるよねって言ったんだよ」

　ジュディスは首を傾げる。

「そんなことを仰ってたかしら……？」

「あはは！　ジュディス、しばらく会わないうちに耳が遠くなった？」

「なってません！　殿下のお声が小さかったから聞き取れなかっただけです！」

（昔は王妃陛下からご許可をいただいて、殿下とよくこんな気安いおしゃべりをしたわね。懐かしい……）

　嬉しくなって会話を続けているうちに、馬車はエメラルド宮に到着してしまった。

（こんな格好してて、どなたかに見咎められたら……）

ひやひやしながら馬車を降り、出迎えた家令との挨拶もそこそこに宮殿の中へ入る。

エメラルド宮は、その名の通り宝石のエメラルドが随所に飾られた宮殿だった。外壁も内壁も薄く緑色に塗られていて、建物全体をエメラルドに見立てているようだ。

フレデリックに案内されて吹き抜けのエントランスにある階段を上がり、短い廊下の先にある一室に入る。

中には数人の侍女がいて、綺麗な所作で揃ってスカートをつまみ腰を低くした。

「お待ちしておりました。さあ、急いで支度いたしましょう」

平民風の服を着たジュディスを見ても動じることなく、侍女たちはにこやかに案内するが、案内した先で彼女たちがしたことは、にこやかとは程遠いものだった。

有無を言わせずお風呂に入れられ、三人の侍女に身体の隅々まで洗われる。

「まあぁ！　御髪（おぐし）がぼさぼさですわ！　いつお手入れをなさったんです!?」

「お肌がなんて痛々しい……！」

「特に手！　どのようになさったらこんなに荒れるんです!?」

二度と社交界に出ないと決めて、手入れをサボっていたからだ。田舎では毎日のように修道院に通い、畑仕事も洗濯も進んでやっていたせいだ。それを恥じるつもりはないが、鬼気迫る侍女たちを見ていると申し訳ない気分になってくる。

「ご……ごめんなさい……」

おずおずと謝ると、侍女たちは慌てた。

「こちらこそ余計なおしゃべりをして申し訳ありません！」

「大丈夫ですわ。このくらいでしたら何とかできます！」

「『わたくしたちを信じてください！』」

三人の言葉が綺麗に重なる。その勢いに押されて、ジュディスは「は、はい……」と返事をするしかなかった。

（ここは王宮だし、今のわたしは遊び相手をするために来た子供じゃないもの。これくらいのおめかしは必要なのよね……？）

そう自分に言い聞かせてみるものの、ジュディスは大事になっていく着替えに慄かずにいられない。

お風呂上がりは、髪を乾かす侍女たちの傍ら、別の侍女たちが全身にオイルを擦り込む。

それらが終わると、透き通るような青色のドレスを着せられ、化粧台の前に座らされた。

軽く化粧をされ、髪も結い上げられ、鏡に映る自分が見る間に綺麗になっていくのを、信じられない思いで呆然と見詰める。

青色の宝石が使われた髪飾り、耳飾り、ペンダントを着けられる。そのときになってジュディスは我に返った。ドレスもアクセサリーも、見るからに高価そうだ。これらに何かあっても到底弁償できない。ジュディスは怖気づいてしまい、震えながら尋ねた。

「あの……これらの品はいったいどなたからお借りしたのでしょう……？」

侍女たちは上品にコロコロと笑った。

「借り物ではございませんわ。すべてあなた様のものです」

「フレデリック殿下からのプレゼントでございます」

侍女たちは「さすがは殿下」とか「羨ましいですわ」とさえずり合う。が、ジュディスの耳には最早届いていなかった。

（プレゼントってどういうこと？　着替えを貸してくださるだけじゃなかったの？　本当にプレゼントだったとしたら受け取るわけにはいかないわ）

「あの！　フレデリック殿下にお話ししたいことがあるのだけれど」

「僕に何の話？」

ジュディスは飛び上がらんばかりに驚いて、慌てて振り返る。白から緑の礼装に着替えたフレデリックが部屋に入ってくるのを見て、ぽかんと口を開いた。

（白も素敵だったけれど、緑もなんてかっこいいの……！　これがフレデリック殿下だなんてやっぱり信じられない。いえ、小さい頃の殿下も愛らしくて将来美形になるだろうとは思っていたけど）

フレデリックは眩しそうに目を細め、両手を広げて近付いてきた。

「うわぁ。すっごく綺麗だよ、ジュディス。まるで水の精霊のようだ」

　そう言われて、ジュディスははっと我に返る。

「殿下！　あの、このお衣装は借り物ではないと聞いたのですが」

「うん、そうだよ。だって借り物だと、ジュディスの性格じゃ『汚したり失くしたりしたらどうしよう』って気が気じゃなくなるでしょ？」

「でしたら、こんなに高価なお品でなくとも――いえ、一度家に帰らせてくだされば よかったのです。わたしだって、一着くらいは王宮を訪れるのに相応しい衣装を――」

（持っていたかしら？）

　今年も社交界に出ないつもりだったから、家族に勧められたのに一着もドレスを新調しなかった。数年前のドレスでもまだ着られるだろうけど、流行遅れになっているそれを王宮に着てきていいものかどうか。

　にわかに焦りを覚えたジュディスを見て、フレデリックは悲しそうに表情を曇らせる。

「そんな顔するほど、僕のプレゼントが迷惑？」

　彼の澄んだ青い目が泣きそうに潤むのを見て、ジュディスは慌てて返事をした。

「いっいいえ！　迷惑なんてことございません。ですが、今日は殿下の誕生日なのですから、わたしがプレゼントすべきで、殿下からプレゼントをいただくわけには……」

　フレデリックは、肩を落として俯いた。

「僕が選んだドレスをジュディスに着てもらいたかったんだ。……ダメだった？」

可愛らしくしょんぼりするフレデリックに、ジュディスは昔から弱い。

「ダメ、じゃ、ありませんけど……」

憐れさを誘う彼に屈すれば、フレデリックは顔を上げてぱっと顔を輝かせた。

「よかった！　僕からプレゼントされたのがそんなに気になるなら、そのドレスを着てこれから僕が行く場所についてきてもらうことが、僕が欲しい誕生日プレゼントと関係があるって聞けば、気が楽になるかな？」

昔も、こんなふうに押し切られていろいろもらったっけ。こういうところも変わっていないらしい。仕方ないと思いながらジュディスは笑った。

「わかりました。ですが、わたしからも改めて誕生祝いのプレゼントを用意いたしますので受け取ってくださいね。……まだ用意できていないので、お渡しは後日になりますが」

「そこまで言うなら、受け取らせてもらうよ。楽しみにしてる。——それじゃ行こうか。ちょっとした集まりだから、気を楽にしてくれたらいいよ」

フレデリックが手を差し伸べてくる。エスコートしてくれるということだろう。

幼かったフレデリックに手を引かれた思い出が蘇る。「早く行こう」とはしゃぐ彼は背が低く、ジュディスは身を屈めてついていかなければならなかった。

でも今は、ジュディスが見上げなければならないほど背が高くなり、大きくなった手はジュディスの手をすっぽりと包んだ。

（何だか大人の男の人みたい……）

いや、フレデリックは今日成人したのだから大人なのだけど。

知り合いの男の子の成長を喜ぶ気持ち半分、見知らぬ男性に会っているようなどぎまぎ半分。今までにない不思議な感覚に囚われながら、ジュディスはフレデリックに優しく手を引かれてエメラルド宮から出た。


着替えをしただけだったのに、外に出ると日はすっかり落ちていた。昼間の馬車に、ランタンが幾つもかけられている。その馬車に乗り込むと、フレデリックはカーテンを閉め切ってしまった。ランプが点いているから視界に困ることはないが、景色が見えないとどこに向かっているかわからなくて不安になる。

（殿下はわたしをどこへ連れていこうというの？　わたしや殿下の装いから想像すると、嫌な予感しかしない……）

「あの、カーテンを開けておいてはダメですか？」

「外はどうせ暗いから、見えなくたっていいでしょ？　それよりさ、ビンガム領の女子修道院に、王都の孤児たちを連れていきたいんだったっけ？　女子修道院だと、男児の受け入れは難しいんじゃない？」

「あ……そうですよね」

「だからさ、いっそその女子修道院の隣に孤児院を建てて、そこに皆移り住んでもらうのはどうだろう？　建設には国から補助金も出るし、寄付を募ってもいいし」

他にも、孤児院で簡単な読み書きを教えるのなら、近隣の町村の子供たちも集めて一緒に教えたらどうかとか、行儀作法も教えれば職人に弟子入りしやすくなるのではとか。

ジュディスの漠然とした夢が、フレデリックによって現実味を帯びてくる。夢中になって聞いていると、昔木陰で彼からいろいろと教わったことを思い出し、懐かしさが込み上げてきた。

話が一段落したところで、フレデリックがふと顔を上げて言った。

「あ、到着したみたいだ」

いつの間にか馬車の揺れがなくなっている。よほど夢中になって聞いていたみたいだ。

そのときになって、ジュディスは気付いた。

外がやけに騒がしい。

よからぬことが起きているという騒々しさではなく、大勢の人が笑いさざめいているといった様子だ。きっとその声の主たちが、フレデリックの言うところの「ちょっとした集まり」に参加する人たちなのだろう。でも、「ちょっとした」にしては人数が多すぎやしないだろうか。

馬車の扉が開くと、ざわめきは遠ざかっていった。が、安堵できるどころか、目の前に広がる光景を目にしてジュディスはぎょっとする。見渡す限り正装の男女がひしめいていて、こちらに目を向けている。何かを期待しているような顔、顔、顔。

フレデリックが先に降りて片手を上げると、わっと歓声が上がった。

それもそうか。周辺各国を飛び回りながら活躍していた第三王子がようやく帰国したのだ。帰国後、フレデリックはあまり人前に出ていないのかもしれない。ジュディスたちが乗っていたのは王族専用の馬車。フレデリックが乗っているかもと、皆期待していたのだろう。

軽く手を振って人々に応えていたフレデリックが不意に振り返る。

「ジュディス、手を」

フレデリックの手が差し出されるのと同時に、多くの視線がジュディスに突き刺さる。

(社交界から姿を消して久しいわたしが、人気者の殿下と一緒に姿を現せば、不審がられるのも当然よね)

やがて誰かが気付くだろう。フレデリックが同伴したのは、嫁き遅れもいいところの伯爵家の娘だと。その気付きは人から人へと伝わって、やがて悪意となってジュディスの耳にも届く囁き(ささや)になる。「どうして嫁き遅れが殿下のお側にいる？」と。

自らの想像に身震いすると、ジュディスはフレデリックの手から顔へと視線を移し、真顔で言った。

「申し訳ありませんが、今すぐ帰ってもいいですか？」

「何言ってるの。これだけ注目を集めておいて、逃げられると思う？」

フレデリックはにっこりと笑い、ジュディスの手を強引に取って外へと引っ張り出す。

馬車のステップは高い。足を滑らせ落ちかけたところを、フレデリックに抱き留められた。

周囲から上がった悲鳴は、ジュディスの身を案じたものでは断じてない。何しろ黄色い声と言うに相応しい華やかな悲鳴だった。おそらくだが、王子が女性を受け止めるというシチュエーションに声を上げずにいられないときめきを感じたのだろう。

フレデリックはというと、そんな周囲の反応を気にした様子もなかった。ジュディスをそっと下ろして立たせると、何事もなかったかのように手を差し伸べてくる。

「さ。お手をどうぞ」

ジュディスは、フレデリックの確信犯的なやり口に腹を立てながらも、早鐘を打つ心臓を止めることができなかった。ときめいたのは周囲の女性たちだけじゃない。

力強い腕。すでに少女のようには軽くなく、しかも正装の重たいドレスをまとったジュディスを、やすやすと抱き留めた広い肩。それらを直に感じたからこそ、ときめきと――それから戸惑いを感じる。

昔、抱き留めたのはジュディスのほうだった。勢いよく駆けてくるフレデリックを、最初は膝で、そのうち腰で受け止めるようになったっけ。そんなフレデリックの成長を姉のように見守っていた。けれど、会わなかった五年間のうちに、彼は驚くほど成長した。まるで別人みたいに感じる。

ここにいるのは、知らない大人の男性。

そう感じた途端、緊張して身体が強張る。

差し伸べられた手を取らないジュディスに、フレデリックは困った顔をして首を傾げた。

「騙して悪かったよ。でも、どうしてもジュディスに来てもらいたかったんだ」

その仕草、甘えるような言い方に、ジュディスの緊張は緩む。彼は確かにフレデリックだ。小さな手でジュディスを引っ張り、ジュディスによく甘えてきた、あの。

こんなフレデリックを見れば、仕方ないな、と思ってしまう。要するに、ジュディスは甘いのだ。可愛く謝られてしまうと、つい許してしまう。

今回も例外ではなかった。

呆れた笑みを浮かべ溜息をつくと、手入れされて滑らかになった自分の手をフレデリックの手に重ねた。

「今回だけですよ？　もう騙し討ちのようなことはしないでくださいね」

フレデリックは嬉しそうに笑うと、ジュディスの手をしっかり取りながら歩き出す。

ゆっくりとしたその歩みは、ジュディスに無理のない速さだ。こんな気遣いもできるようになったんだなと温かい気持ちになる。

フレデリックとジュディスが進むのと同時に、行く手にいた人たちが左右に分かれていく。恐縮して身が縮こまる思いだ。そんなジュディスを、フレデリックは力強く誘う。

十数段の階段を上がり切り、衛兵が守る入り口へと向かう。

「ティングハスト王国第三王子フレデリック殿下ー！　ビンガム伯爵令嬢ジュディス・パレッド様ー！」

扉の脇に控えていた男性に高らかに名を呼ばれながら、シャンデリアの煌めく光の中へ足を踏み入れた。


ここは王宮のほぼ中央に位置する宮殿、名をマーブル宮という。その名の通り大理石が ふんだんに使われている。マーブル宮に入ってすぐの大ホールは国内最大で、ここで大人数が招待される舞踏会や晩餐会が行われる。確か、王族の結婚式の会場もここだったはずだ。

鏡のように人影を映す大理石の上を進めば進むほど、ジュディスは身を縮こませた。

フレデリックが、ジュディスの耳元に顔を寄せてくる。

「どうしたの？　そんなにびくびくしちゃって」

「いっ、いいえ、何でもございません」

声を上擦らせながら返事をする。それじゃ何かあると言っているも同然だけれど、口が裂けたってびくびくする理由を教えられるわけがなかった。

アントニアから昼間聞かされた噂話が、いつどこから飛び出してくるかと怯えているなんて。

――二十五歳になっても王都に出てくるなんて、まだ結婚を諦めてないのか。

――年増が求婚中の令嬢みたいに着飾ったって気持ち悪いだけだ。

――いつまで経っても縁談がまとまらないのは男遊びをしているのを相手に見つかったからだ。

そんな幻聴に襲われて、ジュディスの足取りは重くなっていく。そこに「あの嫁き遅れの」という声がリアルに飛び込んできて、ジュディスの足は動かなくなってしまった。

(に……逃げ帰りたい……)

ジュディスのそんな思いを察したのか、フレデリックの手に力が籠もった。

俯きがちだった顔を上げると、振り返っていたフレデリックと目が合う。フレデリックは優しく微笑んだ。

「気にすることないよ。言いたい奴には言わせておけばいいんだ」

「……はい」

返事をしたものの、気になるものは気になる。周囲からの視線が突き刺さる。王子殿下の隣にいるなんて分不相応だと責めるように。ジュディスの足は再び動かなくなり、フレデリックに預けていた手がするりと抜ける。

玉座へと続く階段の真下まで来ると、フレデリックは足を止めた。

「そんなところにいないで、こっちに来て」

フレデリックは、自身の隣を指し示す。だが、数歩後ろでどうしても先へ進めなくなったジュディスは、内心冷汗だらだらだった。

いくら第三王子と一緒にいても、ジュディスごときがこんなにも玉座に近い場所まで来ていいわけがない。周りにいる高位の貴族たちが、分をわきまえろと言いたげな視線を送ってきている――ような気がする。

「前に進んでいただけませんか、レディ？　後ろがつかえてしまっています」

見知らぬ男性に話しかけられ、ジュディスは自分の気の利かなさに頬を染めた。確かにこの混雑の中で立ち止まっては、後ろの人々に迷惑だ。

「も、申し訳ありません」

自分の前の空間を詰めるべく、ジュディスは急いで歩を進める。

「こちらこそ申し訳ありません。私はただ、あなたに前へ進む勇気を差し上げたかっただけなのです」

男性のおかしな言葉を聞いて、ジュディスはにわかに警戒する。とはいえ、礼を欠く真似はできない。ジュディスは何とか言葉を探した。

「あ……そ……それはご親切に……」

「お役に立てたのなら何よりです」

男性がにこっと笑うのを見てようやく、ジュディスは彼の見目の良さに気付いた。滑らかなシルバーブロンドの髪、前髪に少し隠れる目には、ラピスラズリのように煌めく瞳。四十代くらいだろうか。顎が細くシャープな顔立ちだが、目頭などには少々小皺が見て取れる。フレデリックより拳一つくらい背が高い。ということは、かなりの長身だ。すらりと均整の取れた身体に、燕尾服がよく似合う。

今までに見たことのない人だ。誰だろうと思っていると、またもやフレデリックの手が腰に回される。

「よそ見しちゃダメだよ。ジュディスは僕のパートナーなんだから、僕だけを見て？」

ジュディスは焦り、小声で言った。

「殿下。そのようなことは仰らないほうが……」

血縁でもないジュディスをパートナーと言ってしまえば、人々はフレデリックの特別な相手だと勘違い――するわけないか。ジュディスは何のとりえもない嫁き遅れの伯爵の娘。片やフレデリックは凄腕外交官と讃えられる、成人したばかりの第三王子。彼にはこれから多くの出会いがあり、その中には美しく身分も申し分ない女性がいるに違いない。凡庸な顔立ちの、身分もそう高くない嫁き遅れの女に出番などないのだ。

（出番があるかもしれないと思うことさえ、おこがましいわね……）

ジュディスは心の中で独り言ちる。女性が結婚するなら年上の男性というのがこの国の常識だというのに、そんなことをちらりとでも考えた自分が情けなくなってくる。

「不安になることはないよ。全部僕に任せて」

頼もしい言葉。フレデリックの成長を嬉しく思うのと同時に、夫になる人から言われてみたかったなと黄昏た気分になる。

そんなとき、国王夫妻、王太子夫妻の入場を報せる音が鳴り響いた。ジュディスはにわかに緊張する。七年前に遊び相手の任を解かれ無関係になったはずのジュディスが、再びフレデリックの側に立っているのを見て、王家の人々はどう思うだろうか。

玉座に座った国王は、フレデリックに労いの声をかけた。

「フレデリック。和平条約の再締結、大儀であった。ヴェレカー子爵もな」

「は。ありがたきお言葉」

答えたのは先程の男性。ジュディスが顔を知らなかったのも無理はない。ヴェレカー子爵といえば、フレデリックと共に敏腕外交官として諸国を飛び回り、たまに帰国しても社交界に出ないことで有名だったのだから。

「二人に特別に褒美を与えようと思う。欲しいものを何なりと言うがよい。まずはヴェレカー子爵からだ」

「ありがたき幸せでございます。お言葉に甘えて申し上げます。今後、国外に赴かなければならない任務を免除していただけますでしょうか。長年旅暮らしをしてまいりましたので、そろそろ一所に落ち着きたいのです」

「つまり、国内であればよいということだな？」

「はい。あともう少し任務を減らしていただけると助かるのですが」

「今までの働きぶりを考えれば、出てきて然るべき望みであるな。しかと承知した」

「ありがとうございます」

ヴェレカー子爵は胸に手を当て、腰を折って頭を下げる。

視界の端にその様子を捉えながら、ジュディスは別のことを考えていた。フレデリックは褒美に何を求めるだろう。ジュディスに強請った誕生日プレゼントは他愛のないものばかりだった。王子である彼は物質的に恵まれているためか物への執着がない。

（なら、ヴェレカー子爵のように物ではないものを望むのかしら？　例えば、異国で出会った女性との結婚とか）

ジュディスの胸がずきんと痛む。まさか、結婚できるフレデリックに嫉妬しているのだろうか。ありえない。ジュディスは結婚のチャンスを失った。それがすべてだというのに。

この胸の痛みも、修道院に入って結婚とは無縁の生活を送るうちにやがて消えていくだろう。今年のシーズンを耐え抜けば、望んだ人生が待っている――そう思い、気持ちを強く持つ。

「ではフレデリック。そなたは何を望む？」

「私は、こちらにいるビンガム伯爵の娘ジュディス・パレッドとの結婚を望みます」

大広間がしんと静まり返った。音がよく響く作りになっている上に、大勢の人で溢れ返っているにもかかわらずだ。

ジュディスはというと、あっけに取られ、言葉もなくフレデリックに見入った。

(殿下は今何て仰ったの……？)

聞き間違えか、はたまた夢の中の出来事なのか。ともかく現実とは思えない。だというのに、ジュディスの思いを裏切るかのように、国王の声だけが朗々と響き渡った。

「わかった。第三王子フレデリックと、ビンガム伯爵の娘ジュディス・パレッドとの結婚を許可しよう」

(陛下まで何を仰るの!?)

ジュディスはパニックに陥った。フレデリックと国王は冗談のつもりだろうが、ジュディスからしたらたまったものではない。あとから誰に何と言われることか。社交界に出るのはこれが最後のつもりだけれど、噂は本人のいないところで広まり、そのうち本人の耳にも入る。ジュディスの場合、確固たる信念のある親友の口から聞かされることになる

に決まっている。

（早く取り消してもらわないと……！）

ジュディスは、傍らのフレデリックを見上げて訴えた。

「殿下、ご冗談はおよしになってください」

冗談とわかれば、周囲の人々から安堵の声や溜息が聞こえてくる——と思ったのに、何故か割れんばかりの拍手と祝いの歓声が上がった。

（えええ⁉　何で祝福されちゃうの⁉）

明らかにおかしい。ジュディスが年上の嫁き遅れという以前に、今をときめく第三王子の結婚が、大勢の人にこんな簡単に受け入れられるなんてありえない。

焦って辺りを見回そうとすると、フレデリックと目が合った。

「冗談？　何の話？　僕は本気だよ？」

フレデリックに続いて、ヴェレカー子爵もにこにこと拍手しながらお祝いしてくる。

「ご婚約おめでとうございます！　で、いいですよね？　いやあ、小さかったフレデリック殿下がもう結婚とは。時の流れは早いですなぁ」

「あのっ、ちょっと待って——」

ともかく手近な人から止めていかないと、と思い口を開くが、高まる拍手と歓声のせいで最後まで言わせてもらえない。

人々の視線を辿ると、壇上で王妃、王太子、王太子妃、第二王子までもが拍手を始めていた。それに続いて、王族の後ろに控えていた近衛騎士たちも、壁際で控えていた侍従たちも拍手する。それを見て、ジュディスは話を止めることを諦めた。

（こうなったらもう誰も私の話を聞いてくれないわ。孤児院の一件で学んだもの）

孤児院での誤解だけでも頭が痛いのに、王家主催の夜会となればジュディスでは到底手に負えない。フレデリックの悪戯好きは知っているけれど、これはあまりにやりすぎだ。

（あとで殿下に訂正をお願いしなきゃ）

今は場に合わせるしかないと、ジュディスは腹をくくる。

顔に慎ましやかな笑みを張り付けていると、国王の言葉が再び聞こえてきた。

「今宵のファーストダンスは、フレデリックとジュディスに譲ろう。――音楽を！」

これを合図に、楽団が優雅な曲を奏で始める。

腰に回る、すでに馴染んだ腕。

「さあ行こう」

天使の容貌に輝かんばかりの笑みを浮かべたフレデリックが、甘い声でジュディスを大広間の中央へと誘った。

ファーストダンスを終えたあと、祝福の声を浴びながらフレデリックと二人、早々に夜会をあとにする。

その帰りの馬車の中。

「殿下。ご冗談はもうおよしになってください」

上目遣いに抗議するジュディスに、ご機嫌でくつろぐフレデリックがとぼけてみせる。

「冗談？　何の話？」

「わたしが申し上げていることをわかっておられるはずです」

「うーん……わからないなぁ」

「とぼけないでください！」

そんなやりとりをしている間に、馬車はエメラルド宮に到着し。

「話が終わってないようだから、中でしよう」

と、にこにこ顔のフレデリックに誘われついていってしまい。

「楽な格好になってから話の続きをしない？」

というありがたい提案を受け入れたら、ジュディスが着てきた平民のような服ではなく、何故か夜着にガウンを着せられてしまい、侍女たちに抗議をしたら「フレデリック殿下のご指示なので、殿下に直接仰っていただかないと……」と言われ、案内されたのは——。

「あああの！　ここは!?　これはいったい？？？」

「ここは主寝室で、ジュディスは押し倒されてるところだよ。どう？　僕の力、強くなったでしょ？」

無邪気な言い方をしてジュディスを組み敷いてくるのは、暖炉の暖かい光を受けて瞳を妖しく煌めかせた天使。言うだけあって、どんなにもがいても、ジュディスの両手首をベッドに縫い止める彼の手はびくともしない。

（どきどきが止まらないのは、こういう状況が初めてで緊張しているからであって、殿下の男らしさに胸をときめかせているからでは決してないわ！）

……と、ジュディスは自分にそう言い聞かせる。

「ともかくお放しください！　これではお話ができません！」

「うん、わかった。それで何を話したいんだい？」

「ですからまずはお放しくださいと！」

「話を始めないなら、先に進むよ？」

「な！　ななな何でガウンの紐を解くのですか!?」

「強いて言うなら邪魔だから？」

つるりとした絹の帯は、ジュディスの背中とベッドの間から簡単に引き抜かれた。留めるものを失ったガウンは、ジュディスが身を捩ったせいで合わせ目が開いてしまう。薄絹に包まれただけの胸がさらけ出されると、フレデリックの視線はそこに吸い寄せられた。

男らしく突き出した喉仏がごくんと動く。

フレデリックから逃れようと夢中だったジュディスは、そんなフレデリックの異変を感じ取り、そろりと彼の視線を辿る。そして、仰向けになりながらも絹の夜着を押し上げる二つの丸い膨らみに気付いた。

「————！！！」

ジュディスは声なく叫び、無我夢中で暴れた。フレデリックが怯んで手を放すと、ジュディスは両腕で胸元を覆って、身体ごと横を向いた。

（ごくんって何？　ごくんって何？？　ごくんって何？？？）

フレデリックの反応が生々しくて、ジュディスは気が動転する。嫁き遅れの年増女に、彼は性的興味を抱いたのだろうか。そんな馬鹿な。言っては何だけど、ジュディスには魅力がない。胸は大きめだけれど、ジュディスより大きい人はいくらでもいるし、容姿に秀でているわけでもなければ、プロポーションがいいわけでもない。そもそも、何かしらの魅力があれば疾うに縁談はまとまり、嫁き遅れなどと言われずに済んだはず。

（——ってぇ⁉）

フレデリックに伸し掛かられて、ジュディスは仰天した。ダンスなんて目じゃないほどの密着具合。

「でっで殿下⁉　ななな何を……⁉」

狼狽えすぎてまともに話せないジュディスとは逆に、フレデリックは余裕綽々で楽しげだ。

「すごい驚きっぷり。何をするつもりかって？　さぁて、何するつもりだと思う？」

ベッドの上で押し倒されては、予想が行きつく先は一つしかない。

(殿下はわたしのことが欲しいの？)

そんな考えが過ぎった途端、ジュディスの中にある女としての自尊心が慰められる。

縁談が持ち上がっては、まとまる前になかったことにしてほしいと言われた。それが何度も繰り返されるうちに、自分は男性に望まれない、女性としての魅力がないのだろうと、惨めな気持ちになった。けれどそんなジュディスを欲しがってくれる人がいる。

(わたしは誰からも愛されないわけじゃなかった――なんて考えてちゃダメでしょ！)

頭の中のお花畑を振り払い、片手でガウンの合わせを握りしめながら、ジュディスはフレデリックの下から這い出ようとした。

「フレデリック殿下。おふざけはおよしになってください。わたしは殿下より七歳も年上の嫁き遅れです。王子であり、外交官としてもご活躍の殿下が相手になさいますと、冗談であっても、いえ、冗談でこのようなことをなされば、誰が相手であっても殿下の御名に傷が付きます」

「〝おふざけ〟ってさぁ……もうちょっと色っぽく、〝お戯れ〟って言わない？　それに言ったよね？　『僕は本気だよ』って」

「それこそ質の悪い冗談――って、やめてください！　話の途中です！」

伸し掛かられたまま首筋に吐息を感じ、ジュディスは慌てる。

「話の途中じゃなきゃ、してもいいんだ？」

耳の近くで妖しく囁かれ、ぞくっとして身体を強張らせる。

「もしかして感じた？」

からかいまじりに言われ、ジュディスはムキになる。

「かっ感じてなんかいません！　それに話の途中でなくてもしてはいけません、こういうことは！」

「何でダメなの？」

そういう返しが来るとは思わなくて一瞬ぽかんとしたが、わかっていないのなら年上のジュディスが諭してやらねばならない。

「そこにお座りください――わたしの上にじゃありません！　ベッドの上にですっ！」

これまでの強引さから考えると信じられないほど、フレデリックは素直にジュディスの上から退いた。そしてベッドの上で膝をついて座る。身を起こしたジュディスはガウンの紐を探した。が、目に付くところになかったので、仕方なく手で合わせ目を握りしめたまま、フレデリックの正面に両膝を揃えて座った。

「よろしいですか？　殿下。そもそも、男女が寝室で二人きりになるのはいけないことです。ありえない相手だとしても、あらぬ疑いをかけられてしまいます。ましてやみだりに異性に触れるなんて以ての外です。ダンスをするときより身体を近付けてはいけません」

よし、年上らしくちゃんとできた——と思ったのも束の間のこと。

フレデリックが、口元に手を当て首をひねりながら話しかけてくる。

「それってさ、つまり、結婚も婚約もしていない男女が寝室で二人きりになると、『結婚も婚約もしてないのに性交したのか』って白い目で見られるってことだよね？」

あからさまに言われ、ジュディスは頬を赤らめ動揺した。

「そっそういうことは、女性に対してはっきり言うものじゃありません。ですが、ええ、そういうことです。結婚した男女のみがしてよいことを結婚していない男女がすれば、それは好ましくないこととして周りの方々から非難を浴びることになります」

「でも、婚約していれば問題ないよね？　愛し合う婚約者同士に『結婚するまで絶対ダメ！』なんて固いことは言わないよね？」

何だか論点をずらされていると思いながらも、ジュディスは律儀に答えた。

「え……ええ、婚約者である二人が本当に愛し合っているのであれば構わないかと……」

あくまで一般論だ。貴族の間ではそれが常識だと、ジュディスは認識している。だが、フレデリックとジュディスは婚約者ではない。王子であるフレデリックの結婚は議会の承認も得なければならず、婚約式を経なければ成立しないからだ。

するとフレデリックは口元の手を下げてにっこりと笑った。

「じゃあ何も問題ないわけだ」

(ん？　今の話で何故問題ないという結論に？？？)

困惑するジュディスに向かって、フレデリックは両腕を広げて近付いてくる。ジュディスは慌てて、フレデリックの肩を押し返した。

「ちょっと待ってください！　わたしが言ったことをちゃんと聞いてらっしゃったのですか!?」

「聞いてたよ？　婚約者同士だったらOKなんでしょ？」

フレデリックは可愛らしく小首を傾げるが、また押し倒されそうになっているこの状況で、天使な彼の愛らしい仕草に見惚れている場合ではない。

「あ、愛し合う婚約者同士ならと申し上げたんです！　わたしたちの婚約はまだ成立してないですし、愛し合ってもいないじゃないですか！」

すると、フレデリックは悲しげに顔を歪める。

「ジュディスは僕のこと嫌い？」

目尻に涙を溜めるフレデリックを見て、ジュディスは慌てた。

「嫌いなんてことはございません。ただ嫌いではないからといって」

「よかった！　嫌いって言われたらどうしようかと思った」

　フレデリックはジュディスの言葉を遮り、ぱあっと花のような笑顔になる。子供の頃から変わらないそれに和みながらも、ジュディスはぐぐと迫ってくるフレデリックの肩を懸命に押し返した。

「嫌いではございませんけど、だからといって愛し合っているということにはなりませんー！」

「あれ？　言ってなかったっけ？　──愛してるよ、ジュディス」

　突き出したジュディスの腕をするりと躱し、後半の言葉を耳元で囁く。鼓膜を甘く震わせる低くて艶やかな声に、ジュディスは顔を真っ赤にしながらぽかんとした。

（愛してる──ってどういう意味で？）

　フレデリックは少し身体を離してジュディスの顔を覗き込み、酷く残念そうに笑った。

「……その表情は傷付くなぁ」

「え？　わたし、どんな表情をしていましたか？」

「自分に関係あるとは欠片も思ってないような表情。僕がジュディスを『愛してる』って言ったんだよ？　それでも自分は無関係だと思うの？」

「いえ、無関係だなんて思っていません。ただ、殿下は勘違いしておられませんか？　愛には様々な形があります。恋愛という意味もあれば、親愛の情も慈愛の心も。わたしには、殿下の仰っている愛は友愛ではないかと思えてならないのです」

嫁き遅れのジュディスにも恋に憧れていた時期があった。縁談相手を愛そうと努力したことも。恋愛経験はないけれど、愛の種類の区別くらいはつく。縁談が持ち上がった相手は皆いい人だった。気配り上手な人も、一緒にいて楽しい人もいた。でもそれだけだった。少しでも長く一緒にいたいとか、相手の一番になりたいとか、恋人同士が抱くような感情はついぞ生まれなかった。心を預けたいとも、預けてほしいとも思うことができなかった。

(だからどの縁談もまとまらなかったのかもしれないわね)

縮めることのできなかった心の距離。相手はそれを感じ、ジュディスとは家庭を築けないと判断したのかもしれない。——そんな感傷と共に、フレデリックのことを考える。

(再会してからの殿下のなさりようは、お気に入りを手元に置いておきたいっていう子供っぽい感情からくるものとしか思えないわ。財力にあかせて豪華な衣装をプレゼントしたり、わたしの話を無視してとんでもない話を広めたり)

それが恋愛だとは思えない。けれどフレデリックとジュディスの間には今もまだ愛がある。毎日のように一緒に過ごした六年間。愛を求めるフレデリックと愛を与えたかったジュディスが織りなした美しい日々を、こんな思い違いで壊したくなどないのだ。

ジュディスは心を込めて、フレデリックに話して聞かせた。

「殿下。殿下が今でもわたしを愛してくださっていることは、大変光栄に存じます。ですが、その愛はかつて一緒に遊んだ者に対する友情から来るものだと思うのです。五年ぶりに帰国なさった殿下は、わたしが今も結婚していないと知って同情なさったのではないでしょうか？　結婚という重大な決断を同情などで決めてしまっては、いずれ後悔なさいます。今ならまだ冗談だったことにできます。どうか賢明な行動をなさってください」

　この説明ならば、フレデリックもわかってくれるはず。そう期待して、ジュディスは彼を真っ直ぐ見詰める。しかし、フレデリックは項垂れて溜息をついた。

「……そうくるか」

　小さな声だったので、ジュディスには聞こえない。

「え？　何て仰ったのですか？」

　次は聞き逃さないようにと右耳を近付けると、耳朶をかぷりと唇で食まれた。

「〜〜〜〜〜!!」

　ジュディスは声にならない悲鳴を上げて右耳を庇う。歯を立てられたわけではないのに、何故かじんじんする。それればかりか、奇妙な感覚がそこから広がって、何故か心臓が鼓動を速めた。

　困惑している隙に、また押し倒される。フレデリックの下で、ジュディスは自身を守るように横向きになって身を丸めた。

「な、な、何をなさるんですか！」

「ジュディスは友達にこういうことをしたことある？」

突拍子もない質問に混乱しながら、ジュディスは小さく首を横に振る。

「いっいいえ」

「じゃあこういうことは？」

「どこを触ってらっしゃるんですか!?」

触るどころじゃない。胸を包みこむように揉まれて、ジュディスは気が動転する。必死に逃れようとしたが、なおも伸し掛かられて、思うように彼の身体の下から抜け出すことができない。

そうこうしているうちに、前開きの夜着の合わせ目から大きくて熱い手のひらが入り込んできて、張りのある膨らみを鷲摑みにした。

「でっ殿下！」

（はっ恥ずかしい――）

羞恥に頬が熱くなる。

「ジュディスは友達にこういうことしたい？」

「したいわけないじゃないですか！」

淑女らしからずわめき立てれば、フレデリックは手を引いてのんびりした口調で言った。

「だよねぇ。僕も友達にこんなことしたくないな」

ということは、これでやめてくれるということだろうか。

ジュディスはほっとして、身体から力を抜く。が、次の瞬間、フレデリックはいきなりジュディスの身体を仰向けにした。

肩を押さえ付けられたジュディスは、抗議のために顔を上げる。

「殿下！　何を——」

しかし、途中で言葉を失った。

すさんだ笑みに、暖炉の揺らめく光を受けてぎらつく瞳。

「でもね。ジュディスにはしたいんだ。これってどういうことだと思う？」

静かな問いかけが、何故かジュディスを追い詰める。

友達にはしたくない。でも、ジュディスにはしたい。

それが何を意味するのか、わからないわけではない。でも認めたくない。信じられない。

ジュディスが呆然としていると、フレデリックは不意にくしゃりと泣きそうな顔をした。

「僕はジュディスのことを本気で愛してるんだ。結婚したいし、ジュディスと子作りしたい。ジュディスが他の男のものになるかもしれないって想像するだけで、気が狂いそうになるんだ。同情とか友情とか、そんな言葉で僕の本気をなかったことにしないでよ……！」

途中、子作りなんていうスルーしてはならない単語が聞こえてきたような気がしたけれど、ジュディスには指摘する余裕がなかった。

悲痛な叫びと共に、フレデリックの眦から零れた一滴の涙。そのあまりの美しさに胸打たれ、彼の考えをどう否定しようかとばかり考えていたことに罪悪感が湧き上がってくる。

「……ごめんなさい。でもよく考えてみてください。わたしは殿下より七歳も年上なんです。その上、美しいわけでもなければ、秀でたところも何もありません。そんなわたしに恋愛感情を抱くことができるなんて、わたしにはとても……」

信じられない、という言葉は、口の中で消えた。自分が無価値であると口にするのは辛い。ましてや、自分に愛される価値がないことを肯定するのは。

込み上げてきた涙を見られたくなくて横を向くと、切々とした声が耳を打つ。

「ジュディスは外見も内面も魅力的だよ。新緑を思わせる瞳の美しさや、紅く色付いた小さな唇の愛らしさは、確かに気付かれにくいかもしれない。でも、何気ない仕草やふとした微笑みにたまらなく欲情するんだ」

気が動転したジュディスは、フレデリックの顔を間近に感じながら横を向いたまま叫ぶ。

「よ……!?　何て言葉を！」

「直接的な言葉を使わなきゃジュディスはわかってくれないじゃないか。そうだよ。僕はジュディスに欲情してる。君の控えめでありながらも芯を曲げないところも、思慮深いようでいて天真爛漫なところも、頭の天辺から足の先まで、懐にしまい込んで一生閉じ込めておきたいくらい、みんなみんな愛しているよ」

フレデリックを見られないまま、ジュディスは真っ赤になって口をはくはくさせた。

愛の言葉を言われたことならある。社交界に出るようになって縁談が来なくなるまでの間、いろんな男性から愛の言葉を囁かれた。

でも、誰もが紳士的で礼儀の範疇を超えることはなかった。フレデリックのように迫ってきた人も、熱烈な愛を口にする人もいなかった。

（殿下は本当にわたしのことを？）

胸がきゅんと疼く。でも、だからといってフレデリックの求婚を受け入れるわけにはいかない。

ジュディスは懸命に言葉を紡いだ。

「あああの、たた大変光栄に思いますが、わたしには嫁き遅れに加え、悪い評判が立っております。王子殿下のお役に立つどころか、わたしに付いた悪評が殿下の評判に傷を付けかね――」

最後まで言わせてもらえなかった。フレデリックが悲痛な叫び声で遮ったからだ。

「やめてよ！　評判なんてものを結婚を断る理由に使わないで！　僕が知りたいのはジュディスの気持ちだ。僕との結婚がそんなにも嫌？　僕の愛が、ジュディスにはそんなにも迷惑なの？」

「迷惑だなんて、そんなことはございません！」

むしろすごく嬉しい。誰からも結婚相手として見向きもされなくなっていたジュディスの心は、随分と癒された。これからの修道院での決して楽ではない生活も、フレデリックの言葉を思い出せばきっと励みになるだろう。

ジュディスは微笑んで告げた。

「そんなにもわたしのことを想ってくださってありがとうございます。ですが」

〝わたしは七歳も年上の、有力でも何でもない貴族の娘。殿下とは釣り合いません〟と続けるつもりだったのに、またもやフレデリックに遮られる。

口を、温かくて柔らかなものに塞がれて。

何が起こったのか、すぐには理解できなかった。頬を両手で包まれ顔を上向きにされて。目の前にあるのはフレデリックの顔。近すぎてよく見えない。フレデリックが顔の角度を変えると、柔らかなものもジュディスの唇の上で動いて。湿った熱いものが柔らかなものの間から出てきて、唇を舐めて——。

「！！！！」

数瞬遅れて驚きを得たジュディスは、とっさに逃げようとした。しかし、伸し掛かられて動けない。頬を包み込む両手が思いのほか強くて、顔を背けることもできない。

（どうして殿下がわたしにキスを？　本当にそういう意味でわたしのことが好きなの？でもダメよ。わたしは殿下に相応しくない。けど……）

思考が霞んできて、ジュディスは考えることを放棄した。

ついばむように。ときに舐めくすぐるように。強引にねじ伏せておきながら、フレデリックは優しくジュディスの唇を愛撫する。じんと甘く痺れた唇から、脳を蕩けさせるような心地よい感覚が広がっていく。

こうしたキスは初めてだったジュディスは、その技巧にあっけなく陥落する。解放されていた両手はフレデリックを押し返すのではなく、いつしか彼のガウンの胸元を握りしめていた。

フレデリックの唇から解放されたとき、ジュディスは息が苦しかったことに気付いた。懸命に呼吸を繰り返していると、フレデリックはゆらりと上体を起こす。

(今だわ。この隙に殿下から離れなくては)

力の抜けた身体で懸命にずり上がろうとする。なおも抵抗を見せるジュディスを見て、彼の口から冷ややかな声が零れた。

「もういいよ。身体から説得することにするから」

(え？　どういうこと？)

困惑している隙に、フレデリックはジュディスを跨いで膝立ちになる。そして荒っぽくガウンを脱ぎ捨てると、夜着の上衣に手をかけた。

「——！　いけません！　女性の目の前で脱いだりしたら……！」

注意をしながら、ジュディスは慌てて横を向く。けれどほんの少しだけ見えてしまった。捲り上げられた夜着の下から現れた、筋肉で引き締まった腹部。

(わたしとは全然違うお腹……男性のお腹ってあういうものなの？　ってやだやだ、なんてはしたないことを考えているの！)

脱ぐ動きに合わせて躍動する腹筋が目に焼き付いて、どぎまぎが止まらない。目を固く閉じて動悸を鎮めようとしていると、フレデリックが覆いかぶさってきた。

「んー！」

再び唇を重ねられ、ジュディスは抗議の声を上げる。

(ダメよ殿下にこんなことさせては。殿下は第三王子で優秀な外交官で。そんなお方がわたしのような者に情けをかけていいわけないわ)

そうは思うものの、甘い痺れのせいか腕に力が入らない。フレデリックの腕を押していたジュディスの手は、ずるりと滑って皺の寄ったシーツの上に落ちた。

それを見計らったように、フレデリックの熱い手がジュディスの胸の膨らみを包み込む。暖炉が燃えていても、少し離れたベッドに漂う空気はひんやりとしている。そんな空気にさらされ冷えた胸に、彼の手は焼け付くような感覚と共に体温を分け与えてきた。

(熱い……温かい……気持ちいい……)

凍えていた胸を温められて気持ちよいのか、こねるように揉まれて気持ちよいのか。いけないことだと頭では思うのに、抗う力が湧いてこない。

フレデリックが、不意にキスをやめた。顔が離れていくのを感じ、いつの間にか閉じていた目をジュディスはうっすらと開ける。そして胸を突かれた。

泣きそうに歪む天使の美貌。

「好きなんだっ、愛してるんだよジュディス……！　どうか僕を受け入れて――」

切羽詰まったように言ったかと思うと、フレデリックはジュディスの首筋に顔を埋めてくる。痛みが走って、ジュディスは噛まれたのだと気付いた。

不思議と嫌でも怖くもなかった。

（殿下はこれほどまでにわたしを）

フレデリックの今の様子は、まるで飢えているようだ。ジュディスを得られなければ死んでしまうと言わんばかりに、必死に求めてくる。彼の唇はジュディスの肌をきつく吸いながら下りていき、やがて胸の頂に食らい付いた。力が入らなくなっていたはずの身体が、水から揚げられたばかりの魚のようにびくんと跳ねる。

フレデリックは若さ故に愛と性欲を取り違えているだけなんだと思う。それでも女として求められていることに、ジュディスの心は慰められていた。モラルを考えてフレデリックを拒んできたが、本当はこうして求められることが嬉しいのだ。彼より七歳も年上であることに申し訳なさや後ろめたさは感じるけれど。

国王の許可を得たからといって、実際に結婚できるとは思えない。でも、フレデリックがこんなにも求めてくれるのならば。

（今シーズンが終わったら修道院に入って残りの人生を神に捧げるのだもの。純潔だけは殿下に捧げてもいいかもしれない）

しゃぶりつかれて感じる恥ずかしさと気持ちよさに翻弄されながら、ジュディスはそんなことを考える。

ジュディスの抵抗を感じなくなったからか、フレデリックは伸し掛かっていた身体をずらして添うように寝そべり、一層愛撫を加えてきた。唇での胸の愛撫の傍ら、彼の手はジュディスの薄い腹から豊かな腰、ほっそりした足へと下りていき、夜着の裾を捉えると中に滑り込んでくる。ジュディスは夜着の下に何も身に着けておらず、素足をじっくりと撫で上げてくる大きな手のひらの感触に途方に暮れた。

（恥ずかしい……それに何？　むず痒いようなもどかしいような……）

じっとしていられず、ジュディスは膝を立てる。フレデリックはその動きに合わせ、膝頭から太腿へと手のひらを滑らせていった。

夫のみに触れることを許すべき場所。ジュディス自身も滅多に触れないその場所に、フレデリックの手がゆっくりと近付いていく。

「ジュディス、力を抜いて。大丈夫。痛くしないから」

緊張で強張っていたと気付かされるのと同時に、ジュディスは全身を朱に染める。

(何だかいやらしいことを言われた気がする。は、恥ずかしい……)

羞恥に耐え切れず、ジュディスはぎゅっと目を閉じる。すると感覚が鋭くなって、太腿の間に入ってきたフレデリックの指先が、大事な部分をふっくらと包む双丘に辿り着いたのがありありとわかった。

「ひゃ……っ」

おかしな悲鳴を上げかけて、ジュディスは慌てて両手で口を塞ぐ。

「声、聞かせてくれたらいいのに。可愛いんだから」

(今の声のどこが!?)

動揺するジュディスに構わず、フレデリックは双丘の間に指を差し込んでくる。

「〜〜〜〜！」

ジュディスは必死に声をこらえた。

(何これ？　ぴりっとして、でも気持ちいい……)

双丘の合間を指が行き来するたびに快感めいたものがそこから広がり、ジュディスはびくびくと身体を震わせる。

お腹の奥深くが熱い。そこから何かが湧き上がってきているような気がする。

口を塞ぐ指の間から、熱い吐息がほう、と漏れ出た。

「気持ちいい？」

胸の頂を咥えたまま、フレデリックが尋ねてくる。濡れそぼり敏感になった蕾を不意に吐息が掠めて、その刺激がたまらず、ジュディスは首を左右に振って身悶える。

フレデリックはジュディスに返事を催促することはなかった。

ジュディスの足の間に膝を割り入れ閉じられなくさせると、双丘から指を一旦引き抜き、少ししてまた差し込んでくる。目を閉じていたジュディスは知らなかった。フレデリックが指を舐めて唾をまとわせ、その指を戻したことを。

「んぅ……！」

ぬるっとした感触が、さっきより強い快楽を与えてくる。指がもう一本入ってきてくりくりとこねられると、ジュディスは身を捩らずにはいられないほどの快感に見舞われた。

「んんっ、んっ、んっ、んっ」

「声聞きたいけど、そうやって我慢している姿もそそられるね」

（そっそそられるって……！）

忘れていた恥ずかしさが込み上げてきて、身体がかっと熱くなる。

そのあとは熱に浮かされたようになって、何が何だかわからなくなった。

「濡れてる……感じてくれてるんだね。それに狭くて熱い……指でも気持ちいいのに、僕自身を入れたらどうなっちゃうんだろ」

(は……恥ずかしい……でも気持ちいい……)

快楽に霞む視界に、フレデリックの天使の美貌と逞しい上半身が映り込んで、胸が高鳴る。フレデリックはジュディスと目を合わせながら、先程まで指で掻き回していた場所に指とは違う熱い何かを擦り付けてきた。

「これから君を僕のものにする。もうやめるつもりはないけど、覚悟はいい？」

ぼうっとしながらも、これだけは言わなければとジュディスは口を開いた。

「……今回限りです。他言無用でお願いします」

話しながら、ジュディスは楽観的に考える。

(夜のうちにこっそり帰れば、誰にも知られずに済むわよね？)

フレデリックは驚いたように目を丸くし、それから呆れたような笑みを浮かべた。

「君っていう人はどこまで……まあいいや。他言無用はともかく、今回限りというのは承服しかねるな」

ジュディスはそれを聞かなかったことにして、快楽に痺れた腕をフレデリックへと伸ばす。フレデリックはふっと大人びた笑みを浮かべ、ジュディスの腕を取って自身の首に回した。彼の首にしがみつくと、何故だか大丈夫という気持ちで胸がいっぱいになる。

「辛かったら僕に爪を立ててくれていいから」

(え？　辛い？)

内心首を傾げた次の瞬間。

「い――――！」

「ジュディス頑張って！　もうちょっと！　もうちょっとだからっ！」

指よりもずっと太いものが、狭い道をこじ開けながら入ってくる。

（全然大丈夫じゃない！　こんなに痛いなんて聞いてない――！）

「ジュディ！　力抜いて！」

「やぁっ！　できな――きゃあああぁぁー！」

返事をしたそのとき、身体からわずかに力が抜け、その一瞬を逃さずにフレデリックは熱塊を勢いよく押し込んできた。

（痛い痛い痛い痛い痛い痛いー！）

目をきつく閉じ、必死に痛みに耐える。

「ジュディ、もう大丈夫だから。ゆっくり息をして」

フレデリックが優しい声音で話しかけてきて、ジュディスの頭や頬を撫でる。すると気分が落ち着いてきて、痛みをそう感じなくなっていることに気付いた。

（これくらいなら耐えられる――けどこれは……！）

お腹の奥底に、自分のものではない熱と拍動を感じる。それがフレデリックのものだと思った瞬間、胸に甘い痛みが走った。

(わたし、とうとう殿下と……)

「やっとひとつになれた」

万感の籠もった呟きが聞こえてきて、ジュディスは恥じらいながら目を開ける。そしてまた呼吸することを忘れた。

暖炉の火に半分照らされた天使の美貌に、苦痛と幸福に彩られたような不思議な表情が浮かんでいる。フレデリックは何かに耐えるように眉をひそめると、それから綺麗な笑顔を見せて言った。

「ありがとう、ジュディ。最高の誕生日プレゼントだよ」

(殿下が欲しがっていたのはこれだったのね。でも今の言葉にどう返事をしたらいいの?)

喜んでもらえてよかったというのが率直な気持ちだけれど、それをそのまま言うなんて恥ずかしすぎる。どういたしましてというのも変だし。

真っ赤になってジュディスは口籠る。と、フレデリックの様子がおかしくなっていくのに気付いた。表情は少しずつ苦しげに歪み、暖炉で火が燃えていても涼しいくらいだというのに額から汗をしたたらせる。

「殿下? どうなさったのですか?」

ジュディスの心配そうな声にかぶせるように、フレデリックは切羽詰まった様子で言う。

「ごめっ、もう限界……ッ」

「んきゃあぁぁ!?」

彼のものをずるりと引き抜かれたかと思うと、ずんと押し込まれる。痛みがぶり返し、ジュディスは必死にそれに耐える。

(あれで終わったんじゃなかったの!?)

「ごめんジュディッ！　もうちょっと頑張って……！」

それから間を置かず、彼のものが押し込まれた瞬間。

お腹の底に、自分のものではない熱がぶわっと広がる。

(あ……なんだか気持ちいい……)

フレデリックが動かなくなったのもあって痛みは引いていき、それに伴ってジュディスの意識は遠退いていった。

二章

　ブロンズ宮――主に議会が開かれる王宮内の宮殿――にて、大会議場から正面玄関に向かう最中、フレデリックはある男から声をかけられた。

「フレデリック殿下！」

　シルバーブロンドにラピスラズリの目をした長身の男、ティングハスト王国の敏腕外交官、ヴェレカー子爵トレバー・カニングだ。

　コネで外交事務補佐官になったトレバーは、最初の数年、ガスコイン侯爵のぼんくら息子と言われても平然としている、文字通りのぼんくらだった。が、十三年前から頭角を現して外交官に任命され、数々の交渉を成功に導き敏腕外交官と呼ばれるようになった。そして七年前から外交任務のため諸外国を飛び回り、二年前、フレデリックが揃えた国家機密漏洩の証拠を持って帰国。議会にそれを提出し、前国務大臣の背信を暴いたことで、フレデリックと共に人気の高まった人物――というのが、広く知られている表向きの顔だ。

　では裏の顔、というか、本当のところはというと。

トレバーは早足でフレデリックに近付くと、斜め後ろからこっそり、だがわくわくとした様子で話しかけてくる。

「殿下、昨夜の首尾はいかがでしたか？」

歩きながらちらりと横目で見たフレデリックは、不快そうに眉をひそめた。

「僕にそういったことを吹聴する趣味はない。おまえは最愛の妻との親密な時間を他人に知られても平気なのか？」

トレバーは立ち止まって、左手を胸に、右手を高く掲げて叫んだ。

「もちろんですとも！　愛しのルイーザが私の腕の中でどれほど可愛らしくなるか、つぶさに説明して回りたい！　ですが、妻がそれを許してくれないのです」

「まあ、それが普通だな」

ばっさり切り捨てて、フレデリックはトレバーを置いて歩き続ける。「待ってくださいよ～！」と追いかけてくる様子は、とても敏腕外交官の姿とは思えない。

だが、これこそがトレバーのプライベートでの姿であり、フレデリックとトレバーの関係性を如実に表していた。

そう。フレデリックは、トレバーに教えを乞うたことはない。フレデリックの師としても名を馳せるトレバーこそ、フレデリックに教えを乞い命令に従っている。そのことを知っているのは、ごく限られた人間だけだ。

追いついてきたトレバーに、フレデリックは小声で言う。

「ジュディスも許してくれないだろうが、自分たちの間に何人たりとも入り込む余地はないことを示す手段として吹聴したくなる気持ちはわからないでもない」

「殿下ならわかってくださると思っていました」

にやりと笑ったのが、手に取るようにわかる声音だ。

「それにしてもよろしかったのですか？　初めて愛を交わした翌朝に、最愛の女性を一人ベッドに残してきて？　ああ、『何故ベッドに残してきたとわかった？』とお聞きになりたいんでしょう？」

「聞く気はない」

昨夜エメラルド宮に戻ったのは深夜過ぎ。それから初めてのジュディスを快楽に導いたのだから、想いを遂げた頃には夜明けはもう間もない、という時刻になっていた。終わってすぐ寝入ってしまったジュディスは、今もまだベッドに身を預けていることだろう。

フレデリックも初めてであったために時間がかかったのでは、とからかいたいんだろうが、その手には乗らない。

正面玄関に出たフレデリックは、トレバーを無視してさっさと迎えの馬車に乗り込んだ。

＊　＊　＊

翌日、ジュディスが起きたのは、太陽が天頂に差し掛かる頃だった。起きたものの、寝室からは出られなかった。侍女だろうか、誰かがたまに覗きに来るけれど、どんな顔をして対面すればいいかわからない。

夜のうちに帰るつもりだったのに寝入ってしまい、窓から差し込むのはどう考えても朝日ですらない。『こっそり帰宅計画』は、完全に潰えていた。それに、身支度の問題がある。いつの間にか昨夜の夜着を着ているけれど、ここからさらに着替えなければ。

（一人でできるけど、エメラルド宮の侍女たちは一人でやらせてくれないわよね……）

昨日同様、いろいろ世話をしてくれるに違いない。そうしたら見られてしまう。ジュディスの身体のあちこちに残った、フレデリックとの間に何かありましたと言わんばかりの痕跡を。

（これじゃあ、殿下が黙っていてくださっても、噂が広まるのは時間の問題だわ）

その可能性を考えなかったわけではなかったから仕方ないとして、それより昨夜の出来事は、いろいろ考えた上で覚悟を決めたはずのジュディスを後悔させるほどだった。

（あんなことするなんて聞いてない……！）

ジュディスの知識は所詮聞きかじったもの。内容に偏りがあるばかりではなく、曖昧にぼかされた部分も多々ある。ジュディスの想像力ではぼかされた部分を埋めることはできなかったようで、昨夜は驚愕の連続だった。

夫婦しかしてはならないとされる理由がわかったような気がする。子を成すためという目的がなければジュディスにはもう二度とあんなことはできそうにない。

そんな自分のことよりも。

(殿下にあんな破廉恥なことをさせてしまったなんて～！)

ジュディスはベッドの中で、罪悪感に打ちひしがれる。

遊び相手を務めたことのあるジュディスにとって、今でもフレデリックは王妃から預かった大切な御子様だ。だというのに、天使の御尊顔におよそ似つかわしくない淫らな行為をさせてしまった。年上のジュディスが諫めてやめさせるべきだったのに、いいように言いくるめられてしまってどうする。

(神様、貴方の御使いにとんでもないことをさせてしまって申し訳ありません。修道院に入りましたら、この罪を償うべく、懸命にお仕えいたします)

掛け毛布の中で丸まりながら、両手を組んで必死に祈る。ちなみに、フレデリックは神の御使いでは決してない。あくまでジュディスの間違った認識である。

それに、忘れてはならないのが王妃への謝罪だ。このままではジュディスがフレデリックにふしだらなことをさせてしまったのを知られることになる。かつての王妃の信頼を裏切ってしまって、反省してもし足りない。

「何してんの？」

フレデリックの涼やかな声が聞こえて、ジュディスは身体を強張らせ、目をぱちくりさせた。とはいえ、毛布の中なので景色が変わるわけでもないけど。

ベッドが小さな軋みを上げて揺れる。

「起きてるなら、ジュディスの可愛い顔を見せて？　何度覗きに来てもよく寝てたみたいだから声をかけなかったんだ」

ということは、様子を見に来ていたのは。

ジュディスはがばりと起き上がった。

「殿下！　この寝室に近付いたのは殿下だけですか!?」

ベッドの端に腰かけていたフレデリックは、ジュディスの剣幕に驚いたように仰け反る。

「そ……そうだけど？」

「でしたら、お手を煩わせて申し訳ないのですが、昨日わたしが着ていた服をこっそり持ってきていただけないでしょうか？　それと目立たない馬車をこの宮殿の目立たない場所に目立たないように寄越してくださると助かります」

「どうして？」

そんなふうに返されるとは思わなくて、ジュディスは当惑する。

「どうしてって……できるだけ人目に触れないようにしながら、家に帰りたいからです」

フレデリックはきょとんとした。

「え？　昨夜から君の家はここだよ？」

「え？」

訳がわからずぽかんとしたジュディスに、フレデリックはにこにこしながら答える。

「昨夜、晴れて僕たち婚約したじゃない。だから同居することになったんだよ」

ジュディスは頭痛を覚えた。

（殿下は婚約式のことを知らないの？　婚約宣言したからって結婚できるとは限らないのよ？）

フレデリックは賢いけれど、こういった常識には疎いのかもしれない。ジュディスは痛む頭を押さえてから、居住まいを正して話し始めた。

「フレデリック殿下。まずお伝えしたいのは、王族の婚約には必ず婚約式が必要だということです。婚約式を挙げていないわたしたちは、実際には婚約していません。それと、婚約した方々が同居するのは、言わば特例なのです。結婚すれば、どちらかがもう一方の家に入ることになります。貴族の場合、爵位が変われば家のしきたりもがらりと変わります。ですが、今までのやり方を捨てて新しいやり方を覚えるのは大変なことです。ですから、少しでも早く学べるよう、結婚前から婚約者の家に住むことが許容されてきたのです。その際には、もちろんお目付け役の方が必要不可欠です。婚約者の家の女主人がその役を務めることになりますが、エメラルド宮に女主人に当たる方はいらっしゃいませんよね？　いらっしゃったら、昨晩のようなことは起こりようがないのです」

　ジュディスが真剣に説明したのに、フレデリックは呆れたような笑みを浮かべてまともに取り合ってくれている様子がない。

「婚約式のことはまあおいておくとして、今どき結婚するまで清らかな身でいなさいなんて古臭いことを言う人間はいないよ。お目付け役だって名目上でしかなくて、婚約者同士が裸になってベッドで盛っていようが、見なかったふりをするだけさ」

「さかっ……!?」

　露骨な言葉をフレデリックの口から聞いて、ジュディスはぎょっとし顔を赤らめる。そんなジュディスを面白がるように見ながら、フレデリックは話を続けた。

「それに、昨夜遅く僕たちがエメラルド宮に帰ってきて、二人とも一歩も外に出なかったことは、王宮中の人間がとっくに知っていることさ。実際に何があったか知らなくとも、皆僕たちが男女の仲になったと思っているに違いないよ」

　ジュディスは愕然とした。それではこそこそ帰ったところで意味がない。

　がっくり肩を落とすと、フレデリックが慰めるように話しかけてくる。

「大丈夫だって。婚約者同士が深い仲になっただけなんだから、皆大目に見てくれるよ。それより、今日から忙しくなるよ。結婚式までにやることはたくさんあるからね」

フレデリックはうきうきと話しながら、張り切って腕を回す。こざっぱりとしたシャツとズボンに着替えているところを見ると、朝からもう幾つかの用事を片付けてきたのかもしれない。

それはともかくとして、聞き捨てならないことがある。

「まっ、待ってください！　国王陛下はお認めくださいましたが、わたしたちは正式に婚約したわけではありません！　わたしの父も、殿下との婚約について何と申し上げるかわかりませんし」

婚約式はともかく、貴族の婚約といえば両家の合意がメインイベントだ。双方の家の家長が中心となって様々な取り決めをし、それがまとまれば晴れて婚約成立となる。国王陛下が承認したのだからそうした手順は省かれてしまうのかもしれないけれど、一応結婚に夢を見ていたジュディスとしては、せめて父の口から結婚を許可する言葉を聞きたい。

「それに、わたしはプロポーズされた覚えがありません……」

完全なる政略結婚の場合でも、男性から女性へプロポーズするのが、この国では一般的だ。普通の手順を踏まない、プロポーズもないでは、自分が軽んじられているように思えて悲しい。

消え入りそうな声で惨めな気持ちを伝えると、フレデリックは申し訳なさそうに眉尻を下げた。

「ごめん。そういえばきちんとプロポーズしてなかったね」

フレデリックはジュディスを抱えるようにしてベッドの端に座らせると、一旦寝室から出ていった。でもすぐに戻ってくる。その手に大輪の真っ赤な薔薇の花束を持って。

ジュディスの目の前で跪き、フレデリックは顔を上げる。

「ジュディス・パレッド。あなたのことを――あなたただ一人を愛しています。あなた以外の人を妻にするなんて考えられない。どうか、僕の妻になってください」

差し出された花束を、ジュディスはぼうっとしながら受け取る。シチュエーションはともかくとして、情熱の赤い花束を贈りながらのプロポーズは定番中の定番で、多くの女性が憧れるところだ。かく言うジュディスもその一人。

本物の王子に傅かれて、まるでお姫様になったような気分だ。

諦めていた夢があっさり叶ってしまったために、思考が回らなくなる。

「ジュディス。返事は？　僕と結婚してくれる？」

「あ……はい……」

間の抜けた返事だったけれど、フレデリックは大喜びする。

「ありがとう！　絶対に幸せにするからね！　まずは一緒に食事をしようか。それから身支度を調えて出掛けるよ」

早口で言うと、フレデリックは手を打ち鳴らす。寝室にぞろぞろと入ってくる侍女たち。

放心しているジュディスは、情事の痕跡を残す自分の身体を見られたくないという考えも頭から抜けていた。


昼の外出用の装いを調えてもらったジュディスは、フレデリックと一緒に馬車に乗った。

ジュディスは車窓を眺めながら考えに耽る。

(勢いに押されてプロポーズは受けたけれど、殿下と結婚できるわけがないわ……)

七つも年上の嫁き遅れ。それだけで十分反対理由になる。国王が許可しても、王族の結婚は議会で承認されるべきもの。議席を持つ有力貴族たちが、結婚相手としてどんな問題を抱えているかわからないジュディスとの結婚を承認するはずがない。

きっとフレデリックの悲痛な叫びをまた聞くことになる。そう覚悟していたのに。

到着した王家の住まい、ダイヤモンド宮。ダイヤモンドが飾られた白亜の宮殿のその奥。王家のプライベートな一室で、ジュディスは思いがけない展開に啞然とした。

「そう固くなることはない。余は国王としてではなく、一人の父親としてそなたらの前にいるのだ。――おおそうだ。午前の臨時議会において、フレデリックとそなたらの娘との結婚が承認された。安心するがいい」

鷹揚にそう告げたのは、ティングハスト王国国王ヘイスティング。角張った厳めしい顔が、今日はやけに緩んでいる。

国王の前にいるのは、ジュディスの両親だ。二人とも恐縮しきりで、父親は緊張のあまり「は……はあ……」などと不敬な受け答えをしている。

ジュディスはというと、フレデリックと一緒に、他の王族から祝福を受けていた。

「婚約おめでとう！　これで我が国は安泰ね。本当によかったわ。本当に」

「ジュディス嬢が王家の一員になることを心から歓迎する。本心だからな？　疑うなよ？」

「婚約おめでとうございます。ジュディス様、わたくしたち義理の姉妹になりますわね。仲良くしてくださると嬉しいわ」

「おめでとう！　フレディ、ジュディス嬢！　あーなんだ？　収まるところに収まってよかったよ。すげーほっとした！」

王妃、王太子、王太子妃、第二王子の順である。立て続けに祝いの言葉を浴びせられて、ジュディスは目を白黒させる。内容がどこか変なのに、混乱して気が回らない。そこに、老年に差し掛かった宰相がとどめを刺した。

「どうかフレデリック殿下の手綱をしっかり握って――いえ、殿下と末永くお幸せに」

さすがにこれには気が付いた。

（えぇっ!?　待って！　今おかしなことを仰ろうとしなかった？）

おかしいのは宰相の言葉だけではない。どう考えても、なかったことになるはずだった結婚の話が、どうして順調そのもののような状況で進んでいるのだろう。

一番驚いているのは、豪華な応接室の戸口で立ち話をしているということだ。有力でも何でもない伯爵家の者たちが、王族との接見で立ち話なんてありえない。侍従たちもそう思っていたようで、話の切れ目に、控えめに席への移動を国王にお願いして、部屋の中央に設えられた席に全員着席した。

ジュディスもジュディスの両親も懸命に遠慮したけれど、フレデリックの「こういうときは命じてあげないと従えないものですよ」との言葉に納得した国王に命じられてしまったので、ジュディスたちは緊張と恐縮でぎくしゃくしながら席に着いた。

「呼び出したのは他でもない、フレデリックとジュディス嬢の結婚準備の話をしたかったからだ。フレデリックは身一つで嫁いでくれればいいと言うが、こういう話し合いは親をまじえてきちんとしておくものだとも言うのでな」

（つまり、この場はフレデリック殿下の要請で設けられたということ？）

隣に座るフレデリックにちらりと目だけを向けると、彼はそれに気付いてにこりと笑いかけてくる。嫁き遅れになった上にいきなり王子との結婚話が持ち上がり、両親にはさらなる心労をかけてしまった。だからきちんと段取りを踏ませてもらえるのはありがたい。

（わたしはまだこの話が本当になるとは信じられないけど、話が進んでしまっている以上、お父様とお母様には娘をようやく嫁に出せる喜びを噛み締めてもらいたい）

が、王族との話し合いはやはり普通とはいかなかった。

時間がないので婚約式は割愛。時間がないとは？　と問えば、結婚式は七月と聞いてびっくり。本来一、二年かける結婚準備を半年でなんて、花嫁道具の手配が間に合わないと、ジュディスと両親は大慌て。

「先程陛下が仰ったように身一つで嫁いでくれればいいから、花嫁道具は要らないよ。結婚式の準備もウェディングドレスの用意もこちらでするから、ジュディスの家族は結婚式用の衣装を着て当日会場に来てくれるだけでいい」

そのあとは結婚式までの段取りを聞かされ、ジュディスたちは黙って頷くしかない。

話が終わって一息ついたとき、侍従がフレデリックにとある人物の面会要請を伝えてきた。

「わかった、行くよ。——国王陛下もお忙しいのでは？」

仕方ないとばかりに立ち上がったフレデリックに話しかけられ、国王だけでなく他の王族や宰相までもが急に用事を思い出したかのように挨拶をしてそそくさと応接室を出ていく。

ジュディスたちも退室しようかと目配せしていると、フレデリックに声をかけられた。

「せっかくだから、僕が戻るまでこの部屋でご両親と話をしているといいよ」

そう言われては帰りづらい。フレデリックが面会に向かう前に人払いをしてくれたので、豪華な部屋に三人が取り残された。

「部屋が立派すぎて落ち着かないな」

「本当に。でも他の方が聞いているところでは絶対にそんなこと言えないわね」

両親の軽口に、場の空気が和む。それからお祝いの言葉をもらった。

「ジュディス、本当におめでとう」

「今までよく耐えてきたわね。これから幸せになるのよ。——どうしたの？」

困惑顔のジュディスに、母は心配そうに顔を覗き込んでくる。

喜んでくれる両親には悪いけれど、ジュディスは思い切って打ち明けた。

「……本当にフレデリック殿下と結婚していいのかって、やっぱり不安で……。わたし、ほら、年上で嫁き遅れだし……」

俯きかけたそのとき、両肩をがしっと摑まれた。驚いて顔を上げると、父が真剣な表情をしてジュディスを見据えている。

「おまえの不安な気持ちはわかる。だから、一つだけアドバイスしよう。——フレデリック殿下に逆らってはダメだ」

ジュディスは目を剝いた。

（そのアドバイス、余計不安になるんですけどー!?）

＊　＊　＊

午後も半ばを過ぎた頃。

ダイヤモンド宮の入り口にほど近い応接室で、頬のたるんだ老齢の男性――ゴア侯爵が、ソファに座って苛々と指で膝を叩いていた。

フレデリック王子に早急に会って話をしなければならないのに、エメラルド宮に行けばダイヤモンド宮にいると言われ、ダイヤモンド宮で取り次ぎを要求したら、この応接室に通され長々と待たされている。この扱いはいったい何なのか。

ゴア侯爵といえば、大臣などの重要な地位からは退いているものの、国王の相談役という重鎮的な立場にある。にもかかわらず、昨夜の王家主催の夜会に招待されず、その夜会の中で国王は、第三王子と政略的に何のメリットもない嫁き遅れの伯爵の娘との結婚を承認してしまった。

今日の午前、急遽開かれた議会では、反対多数で否決とばかり思っていたのに、ほぼ満場一致で可決という大惨事に終わった。反対に挙手したのは、ゴア侯爵ただ一人だ。

(他の者らは何故反対しない!?)

一人ひとり締め上げてやりたかったが、それをしたところで議会の決定は覆せない。

ならば、王子自身を説得してこの結婚を考え直してもらおうと、延々待たされる屈辱に耐えているのだった。

扉が開く音がして、ゴア侯爵ははっとして立ち上がった。入り口のほうを振り返れば、侍従が開いた扉から、フレデリック王子が供を廊下に待たせて一人颯爽と入ってくる。扉が閉まり、応接室には二人だけになった。

王子はソファに座ると、対面に立っているゴア侯爵に「座れ」と合図した。

「ゴア侯爵、エメラルド宮にも立ち寄ってくれたそうだな。足労をかけた。国王陛下に、婚約者と共にご拝謁を賜る約束があったのだ」

ソファに座り直したゴア侯爵は、両膝に拳を乗せて姿勢を正す。

「そのことでお話があります」

「侯爵も私の婚約を祝ってくれるのか？　ありがとう」

何を勘違いしたのか、満面の笑みで礼を言う王子に、ゴア侯爵はがなった。

「違います!!　私は殿下にお考え直しいただきたく参ったのです！」

王子は目を瞬かせた。王妃譲りの美しい顔で本当にわからないと言わんばかりの表情を作るから、こちらが間違っているような気分にさせられる。

ゴア侯爵は、やりにくく思いながらも話を始めた。

「フレデリック殿下、私はこのたびの縁談に反対です。類い稀なる外交の才能を発揮し、今後も活躍を期待される王子殿下の結婚相手が、田舎に小さな所領を持つだけのしがない伯爵の娘であっていいはずがありません。しかも、その娘は殿下より年上であるばかりか、嫁き遅れだというではありませんか。この縁談にデメリットは多々あれど、メリットはまったくありません。賢明な殿下でしたら、私の話を理解できるはずです」

王子は足を組むと、困ったように小首を傾げた。

「私は愛するジュディスと結婚できるというだけで、十分なメリットだと思うけどね？」

このとぼけた様子を見て、ゴア侯爵のこめかみがひくっと引きつった。

「殿下は何もわかってらっしゃらない。王族の結婚は、愛を優先してはならぬものです。もちろん、愛を育むことができればそれに越したことはありませんが、それよりも大事なのは有力な結びつきを作ることです。恐れながら、殿下におかれましては我が国にとって重要な駒の一つであるとお考え下さい」

フレデリックは駄々っ子のように不平を言う。

「えー？　七年も各国を飛び回って国に貢献したのに、私はまだ国に利用されるの？」

「それが王族にお生まれになった方の定めです！」

ふざけた口調に怒り心頭になって、つい声を荒らげてしまう。それを仕切り直すべく、ゴア侯爵は口元に拳を持っていってごほんと咳払いした。

「そもそも、王家の方々の結婚は議会で承認されたのちに話を進めなければなりません。それを内密にお開きになった夜会で、褒美として求めるなどあってはならないことです」

「国王陛下が『欲しいものを何なりと言うがよい』って仰るから、このチャンスを逃しちゃいけないなって思って」

「言葉遣いを含め、そういうところに王族としての自覚が足りんのです！」

ゴア侯爵も、今度は仕切り直したりせず、続けて苦言を呈した。

「だいたい、有力でもない貴族の娘を遊び相手に選ぶからいけなかったのです。すっかり感化されてしまって嘆かわしい。どんな手管を使われたか存じませんが、嫁き遅れの娘に誑かされてしまうとは。しかも八歳も年上の」

「ちょっと待った！」

鋭い声が制止をかける。フレデリック王子の表情は、先程のふざけた様子とは打って変わって険しかった。ようやく真面目に話を聞いてくれる。ゴア侯爵はこれから実りある対話ができると期待した。が、真剣な顔をして王子が告げたのは。

「私とジュディスの歳の差は七歳だ。認識を改めてもらおう」

ゴア侯爵は呆れて肩を落とした。

「……七歳も八歳も大して変わりありません」

「いいや全然違う！　私は昨日一つ歳を取った。だから誰が何と言おうと七歳差なんだ!!」

ムキになる王子にさらに呆れるが、それを隠してゴア侯爵は告げる。

「フレデリック殿下、無事成人を迎えられたこと、お慶び申し上げます。ですからなおのこと、王族としての自覚を持っていただきたいのです」

王子はうんざりしたように溜息をつくと、ソファの背もたれに行儀悪く腕をかけ、そっぽを向いて投げやりに聞いてくる。

「それで？　侯爵はどんな自覚を私に持ってもらいたいって？」

聞く姿勢があるだけでもまだマシだ。ゴア侯爵は背筋を伸ばし、年長者らしい威厳を持って王子を教え諭そうとする。

「ビンガム伯爵の娘との縁談を取り止めて、より相応しい女性と結婚なさってください」

「私に相応しい女性って誰？　まさか」

と、王子は国境を接するある国の王女の名を挙げる。

ゴア侯爵はぎくっとした。その王女とフレデリック王子との婚姻を密かに推し進めようとしていたからだ。

顔に出てしまったらしく、王子は「やっぱりね」と吐き捨てるように言った。

「何が『王族としての自覚を持て』だよ。侯爵こそ我が国の貴族としての自覚を持ってもらいたいね。せっかく和平条約を締結し直したのに、その立役者である私が特定の国との繋がりを強化するのに利用されて、せっかく調えた各国の均衡を崩すなんてごめんだ。私を王太子妃殿下の母国より強大な国の王女と結婚させ、王太子殿下より次期国王に相応しいと主張するつもりだったんだろうけど、私は国王になるつもりなんてさらさらないよ。

ゴア侯爵が国政に返り咲くのに利用されるなんてまっぴらごめんだ。ここまで言ってもその計画を遂行しようとするなら、侯爵に反逆の意ありって国王陛下に報告するよ？」

ゴア侯爵はぐっと押し黙った。王子と他国の王女との婚姻を調えたからといって反逆を企てたことにはならないが、王太子派の貴族たちの警戒を強めることは間違いない。せっかくフレデリックを次期国王に推す派閥が出来つつあるのに、今の段階から警戒されるのは得策ではない。

（ここは一旦退くか）

「何の話かさっぱりわかりませんが、心に留めさせていただきます」

ゴア侯爵は澄まし顔で言うと、立ち上がってお辞儀をする。

「お時間を取っていただき、ありがとうございました。私はこれにて失礼いたします」

動揺を押し隠し出口に向かいかけたそのとき、フレデリック王子はふと思い出したように「そういえば」と言い出した。

「侯爵は大変興味深いクラブに通っているそうだね？　何でも、猛獣使いのように女性が鞭を振るうのだとか。その鞭は、社交界に知れ渡れば変態と後ろ指をさされ、社交界からつまはじきにされるリスクを承知の上でも通いたくなるほど気持ちよいのか？」

背を向けていたゴア侯爵は、ゼンマイ仕掛けの人形のようにぎこちなく振り返る。そして、血の気を失くした驚愕の顔で王子を凝視した。

王子は組んだ足の上に両手を置き、舌なめずりをする猛獣のような笑みを浮かべた。

「ああ。侯爵にはこちらのほうが効果あったか。——社交界に周知されたくなかったら、私の機嫌を取っておいたほうが賢明だということを覚えておくといい。言っておくけれど、私は本気だよ？」

＊　＊　＊

ジュディスを待たせている部屋に戻る道すがら、フレデリックは首尾よく終わった面談のことを考えていた。

ゴア侯爵は身分が高く、そこそこ他の貴族に影響力があり、密かに野心を燃やしている。国王の相談役という立場に収まっているが、要は重職から追いやられたもののこれまでの実績もあって下手に放置できないが故の閑職だ。そこから元の地位へ返り咲きたくてフレデリックと彼の王女の婚姻を取り持とうとしたのだろうが、冗談じゃない。

だが、そんなゴア侯爵の動向を予測してなかったわけではなかった。

フレデリックはジュディスを手に入れると決めたそのときから、王宮の掌握を考えていた。それから十三年。主立った貴族のみならず王家——自分の家族でさえも、取引、懐柔、脅迫で取り込んでいった。にもかかわらずゴア侯爵だけ放置しておいたのは、前国務大臣と同様、見せしめに使えると判断したからだ。

掌握したのは、王族と主立った貴族だけ。他の貴族まで一人ひとり取り込んでいくのは面倒だ。そこで役に立つのが、貴族たちにそこそこ影響力があり、頑固で自分の考えを曲げないゴア侯爵。その侯爵が最初はフレデリックとジュディスの結婚に強硬に反対していたにもかかわらず突然その意思を翻したとなれば、情勢を見極め生き残ってきた貴族たちなら、この結婚を祝福するか、少なくとも触れないほうがいいと気付くはず。気付けなかった愚か者がいたとしても、裏から圧力をかけてやればいい。新たな見せしめとなる。

昏い笑みを無表情の下に隠して歩いていたフレデリックは、ジュディスが待っている部屋の扉が見えてくると表情を和ませた。足を速め、手ずから扉をノックし大きく開く。

するとジュディスは、びくっと身体を震わせ、それからおっかなびっくり振り返った。

「殿下……」

ジュディスの様子がおかしい。困惑と怯えがまじった複雑な表情をしている。フレデリックはひとまず様子見することにした。満面の笑みで、ジュディスに手を差し伸べる。

「お待たせ。さあ帰ろうか」

ジュディスはフレデリックの手を取って立ち上がりはしたが、歩き出そうとしない。やがて思い切ったように言った。

「あのっ殿下。わたし、少し帰りたいのですがっ」

つっかえながら話すジュディスが可愛くて、何を言いたいのかわからないふりをしてにこにこと答えた。

「だから帰ろう？　エメラルド宮に」

「いえっ、その、実家に帰りたいんです。エメラルド宮で暮らすことになるとは思わず家から出てきてしまったので、片付けたり荷物をまとめたりしなくてはならなくて……」

「それはご両親にお願いしたらいいんじゃないかな？　人手が足りなければ、王宮から侍女や侍従を向かわせるし」

「いっいいいいえ！　それには及びません！　我が家の者だけでできますのでっ」

ジュディスの父親が、動揺しながら遠慮する。動揺の仕方がジュディスと似てるなと思ったけれど、アレのときに父親の顔を思い浮かべるのは嫌だと思い、すぐに打ち消す。

ジュディスはまだ納得できかねるようで、傍らのフレデリックを見上げ、ちょっと焦った様子で言った。

「それに、孤児院から慌ただしく帰ってしまったから一度様子を見に行きたいですし」

「使いを出すよ。様子を見てこさせるついでに、僕とジュディスの結婚が本格的に決まったことも伝えさせる」

「それにそれに、子供たちをビンガム領の修道院で預かる計画も」

「責任者を立てて実行させせよう」

「それにそれにそれに、修道院には戻ったら残りの生涯を神に仕える皆様方への奉仕に捧げたいと伝えてしまっておりまして」

「それも使いを出せばいいよね。――まさかビンガム領にまで帰りたかったの？」

「いえ、そういうわけではないのですが……」

「ねえジュディス。どうしてそんなに、実家に帰りたがるの？」

言い当てられたことによほど驚いたのか、彼女は全身をぴんと伸ばして硬直する。

はらはらしながら二人のやり取りを見守っていた彼女の両親は、娘に代わって弁解した。

「娘はまだちょっと気持ちの整理がついていないのです。だっだだ大丈夫。フレデリック殿下のお側にいれば、いずれ気持ちも落ち着きましょう」

「そっそうです。ね、ジュディス。片付けや荷物をまとめるのはわたしたちがやるから。あなたは殿下のお側にいたほうがいいわ。ほら、結婚準備の期間が短すぎるでしょう？忙しすぎてきっと帰ってくる時間なんてないわ。ね？」

母親の強引なまとめ方に、ジュディスは困惑しながら「う、うん……」と返事をする。

（ビンガム伯爵夫妻は、私がジュディスを実家に帰したくないのだとよくわかっているようだ）

薄ら笑いを浮かべながらその様子を眺めていたフレデリックは、話は終わったとばかりにジュディスを部屋から連れ出した。その腰に手を回したまま廊下を歩く。

「ねえ、さっきから様子がおかしい気がするんだけど、何かあったの？」

「いっ、いいえ。何もなかったですよ？」

「そう？」

何かあったのは間違いない動揺っぷりだったけれど、フレデリックは追及するのをやめて話を流す。本人はこっそりやったつもりだろうが、隣から小さな溜息が感じられた。

ジュディスの動揺の理由。

大方、どちらかが口を滑らせたのだろう。どこまでかは想像つかないが、少なくとも肝心な部分でないことは、ジュディスがショックを受けていない様子からも察せられる。

そう。〝今は〟知られるわけにはいかない。

ジュディスの縁談が次々白紙に戻ったのは、すべてフレデリックの差し金だったことは。

そんなことをするつもりはまったくなかった。

だが、社交界デビューを間近に控えていたジュディスの一言が、フレデリックの計画を大きく方向転換させた。

「素敵な旦那様と巡り合ってくるわね」

これを聞いた瞬間、フレデリックが思い描いていた計画が崩壊した。

自分がまったくジュディスの眼中にないことを突き付けられた瞬間でもあった。
わかっている。社交界デビューを楽しみにしている女性なら、大抵は良縁探しが目的だろう。

(でも、僕を目の前にしてそれを言うか?)

それまでの四年間で推し進めてきた計画も、ジュディスに無駄だと言われた気分だった。

ジュディスを手に入れると決めた瞬間から、フレデリックはその方法を考えに考えた。
彼は五歳のときにはすでに、自分が政略結婚に使える重要な駒であることを自覚していた。国が必要だと判断すれば、五歳であっても結婚相手を決められてしまう。そしてその相手は、絶対にジュディスではない。ジュディスの父親は、伯爵は伯爵でもその末席に名を連ねる程度で、王家が縁故を結んだところで何のメリットもないからだ。

だから、フレデリックはジュディスとの結婚に自分でメリットを作ることにした。それは、父国王の頭を悩ませていた外交を引き受けるということ。当時、周辺各国との関係は悪化しつつあった。百年ほど前、戦争の時代が終わりを告げたときに結ばれた和平条約は、時代が移り変わるにつれて形骸化し、今やほとんど用をなさなくなっていた。交易や人の行き来、国と国を結ぶ街道における取り決めなど、互いの利害が一致せず平行線を辿っている案件も多い。

フレデリックはそれらをまとめて引き受ける代わりに、ジュディスとの結婚を承認してほしいと国王に願い出た。十八歳になるまでに外交問題を解決するから、自分の結婚相手を勝手に決めず、議会でその話題が出ても却下してほしいと。国王は目を丸くして驚いて、「できるのであれば考えてやろう」と、子供の他愛ないおしゃべりに付き合うような雰囲気で答えた。

（口約束のままにしたら、将来きっと反故にされる）

そう予測したフレデリックは、念書を用意して再度国王に願い出た。またもや子供のおままごと扱いされたが、それでも必要な手続きをきっちり要求し、正式な国の文書として認めさせた。

ひとまず十八歳まで猶予期間を得たフレデリックは、自ら提示した条件を果たすためすぐさま行動に移った。まず目を付けたのは、外務大臣であるガスコイン侯爵の嫡男ヴェレカー子爵トレバー・カニング。父親のコネで外交関連の務めに就いたはいいものの、やる気がなくて最低限の仕事しかしない。ぼんくら息子の二つ名を与えられてもどこ吹く風な男だった。だが、フレデリックは知っていた。トレバーは何でも器用にこなせてしまうが故にどんなものにも興味がわかなかったが、最近になって叶わぬ想いに絶望したことを。

フレデリックはトレバーに、その想いを叶える手助けをする代わりに、手先になることを要求した。トレバーはフレデリックの要求を呑んだ。

子供の自分が外交の場に出ていっても、遊びとしか受け取られない。情報収集も難しい。だがフレデリックが五歳だった当時すでに三十歳だったトレバーなら、優秀さを示せばすぐにでも外交の場に立てるようになるだろうし情報も集めやすい。

その読み通り、知恵を授け行動を指示すれば、トレバーは次々と成果を挙げ、瞬く間に外交の舞台に立った。そして国家機密に触れてはフレデリックに流し、フレデリックはその情報を利用してトレバーの活躍の場をさらに広げた。

順調だった計画を狂わせたのは、十一才になる前の、ジュディスのあの一言だった。

(僕がこんなに頑張ってるのに、ジュディスは全然わかってくれない)

並の大人よりずっと賢くても、フレデリックはやっぱり子供だった。癇癪(かんしゃく)を起こして意固地になり、二年八か月もの間ジュディスと連絡を断ってしまった。本当はジュディスに想いを打ち明けて結婚の約束をし、外国に行っている間は手紙のやりとりをして愛を育む予定でいたのに。

それ以外はすべて予定通り計画を遂行した。まずトレバーに国王と外務大臣へ拝謁願いを出させてそれに同行。トレバーの活躍はフレデリックの助言あってこそと説明させる。普通であれば齢十の子供に何ができると信じてもらえないところだが、『ぼんくら息子』の急激な出世に疑問を抱いていた国王と外務大臣は唸りながらも納得した。そしてフレデリックの願い出を聞き入れて、国王はトレバーを国外での任務に当たらせた。

フレデリックはトレバーに師事するという名目で彼に同行し、結婚の条件を満たすための下準備をトレバーに指示する。

一方で、フレデリックはジュディスの結婚阻止に動いていた。フレデリックの縁談は止めたものの、ジュディスが結婚しては元も子もない。

フレデリックが危惧した通り、社交界デビューを果たしてすぐの頃のジュディスは、花嫁を探す男たちの注目の的だった。ジュディスの魅力に気付いた者もいるだろう。だがそれ以上に、第三王子の遊び相手だったことが着目された。ジュディスと結婚できれば、王家の覚えもめでたくなり、出世の足掛かりになる。そんな打算が見え隠れする男どもから、ジュディスは多数の求婚を受けたと報告があった。

だが、フレデリックは事前に手を打っていた。国を発つ前にジュディスの両親を脅し――いや、取引を持ち掛けてジュディスの縁談を断ることを約束させた。身分が上などの理由で断り切れないであろう縁談に関しては、トレバーの紹介で得た配下の者に潰すよう命じた。また、ジュディスに近寄る男たちの排除もさせた。一年目の社交シーズンが終わる頃には、ジュディスに近寄る男はいなくなった。

社交界デビューした女性のほとんどが、一年目には縁談がまとまる。三年目も婚約さえできずに終われば、嫁き遅れと呼ばれ肩身の狭い思いをすることになる。だから三年目のシーズンの終わりに近付いたときには、ジュディスは酷く焦っているはず。

そのときを狙ってフレデリックは帰国。ジュディスと再会した。

（今度こそ失敗するはずがない）

追い詰められたジュディスは、目の前の縁談に飛びつかざるを得ないだろう。フレデリックだって、この三年で随分成長した。背もジュディスにかなり近付いたし、忙しい合間を縫って鍛錬し、筋肉もついてきている。フレデリックの成長に目を瞠り、少しは大人として見てくれるに違いない。

ところが、三年振りに会ったフレデリックに、ジュディスは懐かしそうに目を細めるばかり。「結婚したの？」と問えば絶望したみたいに落ち込むのに、「僕が婚約してあげようか？」と言えば、大人ぶった笑顔で諭すように答えた。

――まだ子供でいらっしゃる殿下が、そのような心配をなさることはありませんよ。

（また子供扱い……！　十三歳は確かに子供の年齢だけど、少しは僕を男として見てくれたっていいじゃないか！）

腹を立てたフレデリックは「だったら嫁き遅れのままでいるんだな！」と酷い言葉を投げかけて別れてしまった。

再び国を出たフレデリックは、外交問題の解決に本腰を入れて取り組み始めた。

他国にも有能な情報員がいて、敏腕外交官として他国にも名を馳せるトレバーがフレデリックの傀儡であることを突き止めていた。フレデリックは弱冠十四歳にしてトレバーと一緒に外交の場へ招待されるようになる。そして十五歳には母国から正式に外交官に任命されることとなった。

フレデリックが十六歳になったとき、当時の国務大臣が国庫着服の罪により罷免、爵位剝奪という事件が起きた。着服の証拠を議会に持ち込んだのは、フレデリックの指示で帰国したトレバー・カニング。賭博で膨らんだ借金の穴埋めという動機のお粗末さと、地位を利用して下りたばかりの予算を使い込むという背信行為が大きな話題となり、国務大臣の罪を暴いたフレデリックとトレバーは国内でも名を上げることとなった。

だが、この事件は国務大臣を陥れるためにフレデリックが仕組んだ罠だった。

フレデリックを政略的に何のメリットもない伯爵家の娘と結婚させるのはもったいないと考えた当時の国務大臣が、勝手に縁談を進めようとしたのが事の発端だった。そのことを知ったフレデリックは、配下の者たちに〝罠〟の発動を命じた。

国務大臣は元々賭博が好きで、定期的に賭博クラブに通っていた。それなりに知恵の働く大臣は、賭博に溺れることはなかった。そんな大臣を、フレデリックの手の者たちは言葉巧みに危険な賭け事に誘う。すると予想以上に国務大臣はそれにのめり込み、巨額の借金を背負った。

誰にも知られるわけにはいかない。が、気付かれずに返済するのは難しい額。しかも、日が経つほど利子が積み重なり、返済はより困難になっていく。

そんな折、年に一度の予算分配が始まった。そこで大臣は魔が差してしまう。一年かけて使う予算、必要になるまで放っておくくらいなら、一旦借りて必要になる頃までに返せばいいのではないか、と。予算を管理する権限を利用し、大臣はそれを実行した。

フレデリックとしては借金という汚点を脅迫のネタにして縁談を白紙に戻させるだけでもよかったのだが、せっかく罪を犯してくれたので見せしめになってもらおうと考え、帰国したトレバーに告発させた。返すつもりがあろうが、国の金を勝手に持ち出せば着服に他ならない。大臣を擁護する声もあったが、国王でも庇い切れず大臣は処罰された。

その後トレバーから、フレデリックの言葉が国王と宰相、大臣たちに伝えられた。

――『約束を守っていただけると信じて、あなた方が手をこまねいていた外交問題を解決すべく昼も夜もなく働いていたのに、縁談を進めていたなんてあんまりです。また縁談が進められることがあれば、僕は絶望して外交上で重大なミスを犯してしまうかもしれません』とそれはもう大変なお嘆きようで。

この話を聞いた王族と宰相、大臣たちは、極秘に進められていたはずの縁談を察知した情報収集能力の高さと、国務大臣に罪を犯させた手腕に震え上がり、決してフレデリックに逆らってはならないと誓い合ったのだった。

その翌年、フレデリックは十七歳にして国王との約束を果たした。

だが、すぐには帰国しなかった。フレデリックは待っていた。自らが成人するその時を。

（ジュディスが受け入れてくれなかったのは、私が子供だったからだ）

人は、普段顔を合わせる者の変化に疎い。鈍いジュディスであれば、尚更フレデリックの成長に気付かないだろう。ジュディスにはインパクトが必要だ。子供だと思っていた人間が、突然大人になって現れるくらいのインパクトが。

（大きくなれるように身体を鍛え上げた。女性の目を惹くスマートなマナーを身につけた。子供の頃とまるで違う私を見れば、さすがのジュディスも私をもう子供とは思わないだろう。あとは年齢。せっかくだから、年齢的にも大人になってジュディスに会いたい）

誕生日直前に帰国したフレデリックは、誕生日当日に最上級の礼装に身を包んでジュディスと再会し、彼女の前で二人の結婚の承認を得て、その夜ようやく念願を果たした。

成熟したジュディスの甘い肌。上気する身体に自らを重ね、快感を追う喜び。ひとつになって共に果てへ辿り着く多幸感。想像していたより遥かにいい。だがこれで終わりじゃない。ジュディスとなら、もっと高みを目指せるだろう。

（既成事実は作った。議会の承認も得た。あとは結婚式と、それまでに最後の仕上げをするだけ。待っていてジュディス。一緒に幸せになろうね）

フレデリックはうっとりと微笑んだ。

＊　＊　＊

エメラルド宮に帰ったジュディスは、何故かそのまま主寝室に連れられていった。そしてどういうわけか、そのままベッドに押し倒されている。

真っ直ぐ見下ろしてきてうっとりと微笑んだフレデリックを見て、ジュディスは思わず震え上がった。どうして怖いと思ったのか、自分でもわからない。

「何をそんなに怯えているの？　怖いことがあるなら何でも話して。僕がその不安を取り除いてあげるよ」

正直に「不安の原因はフレデリック殿下です」と答えられるわけがない。失礼だし、頭の中に父親の言葉が過ぎる。

(逆らってはダメっていうけど、押し倒されても抵抗しないってどうなの？)

何と返事をすればいいかわからず硬直していると、フレデリックは困ったように微笑んで手を伸ばしてきた。

「言えない？」

フレデリックの指先が頬に触れて、ジュディスはびくっと身体を震わせる。そのときジュディスは気付いてしまった。身体が震えたのは怖いからじゃない。昨夜その指先から与えられた得も言われぬ感覚を思い出したからだと。

そんな恥ずかしいこと、気付かれたくない。ありがたいことにフレデリックは誤解してくれる。

「昨夜、怖がらせちゃったかな？」

心臓が早鐘を打ち始める。気付かれたくなくて顔を横に向ければ、大きくて温かな手のひらが掠めるように頬を撫でていった。フレデリックはジュディスをそっと起こしてベッドの端に座らせると、隣に座った自分の腕の中に閉じ込める。

「怖い思いをさせちゃってごめんね。安心して。今日は怖いことしないから」

後頭部に手が回って撫でられる。そのおかげか、硬直していた身体から力が抜けた。

怖いと思った相手に抱き寄せられて緊張が解けるなんて、何だか変だ。けれど、フレデリックの腕の中が心地よくて、抜け出ようという気持ちになれない。それどころか、目の前にある彼の胸に頭をすり寄せたい気分になって、まさにそうしようとしていた自分を慌てて戒めた。

（年下の男の子に甘えたくなるなんてどうかしてるわ。こんなだから昨晩も流されてしまったのよ）

フレデリックと結婚するという話は冗談でも夢でもないらしいが、ジュディスとしてはけじめをつけたい。

新たな決意を得て気を引き締めようとしていると、フレデリックがしみじみと言った。

「昔、ジュディスもこんなふうに頭を撫でて僕を慰めてくれたよね」

懐かしさがこみ上げてきて、ついつい口元が綻んでしまう。ジュディスはけじめのことを一旦頭の隅に追いやった。

「十年も前のことじゃないですか。昔っていうほど古い話じゃないと思うんですけど」

ジュディスの背中を抱く手に力が籠もった。

「十年前なんて大昔だよ。あの頃の僕と今の僕とじゃ大違いだ。ジュディスもそうでしょ？　あの頃はまだ未熟だったのに、今じゃこんなにたわわに実っちゃって」

「！　どこ触ってらっしゃるんですか!?」

慌てて身を捩るけど、いつの間にかしっかり抱え込まれてしまっていて抜け出せない。二人の身体の間にフレデリックの大きな手が差し挟まれ、ドレスに包まれたジュディスの胸の膨らみをむにむにと揉んでいた。

慌てるジュディスとは反対に、フレデリックは余裕綽々だ。

「昨晩直接触るどころか吸わせてもくれたんだから、今更照れなくてもいいのに」

「あれは殿下が勝手に！　それに、そんな恥ずかしいこと言わないでください！」

「照れちゃって可愛い」

「大人をからかうんじゃありませんー！」

「忘れちゃった？　僕ももう大人になったんだよ？」

フレデリックは胸を撫で回すと見せかけて、いとも簡単にドレスの前布を取り払い、さ

らにはその下に隠されていた編紐を解いていく。それにつれて上半身を包んでいたドレスが緩んでいき、締め付けられていた身体がほんの少し楽になった。

だからといって、この状況をそのままにできるわけがない。

「やめてください！」

「嫌だと言ったら？」

「それでもやめてください！」

「ジュディス、それじゃ何の解決にもなってないよ？」

言い合いをしながらも、ジュディスは懸命に抵抗した。けれど何故かその抵抗をあっさり躱され、ドレスどころかコルセットまで緩められてしまう。

フレデリックの腕が緩み二人の身体の間に隙間ができると、緩められたドレスとコルセットは、はらりと胸元から落ちそうになった。ジュディスが慌ててそれらを抱き止めると、フレデリックはジュディスの身体の向きを変えさせて、背中の、肩甲骨の上辺りに顔を埋めてくる。

「ひゃ……っ」

思わず変な声を出してしまったのは、そこに温かな吐息と柔らかいものを感じてしまったから。

「へえ……ジュディスって背中が弱いんだ」

舌なめずりするような声が耳裏から聞こえてきて、ジュディスはこらえようもなく身震いした。その余韻も冷めやらないうちに、再び背中に柔らかいものを感じる。するとまたそこから変な感覚が走って、声を我慢した代わりにびくびくと身体が跳ねた。

「これはいいや」

ジュディスの反応が気に入ったらしく、フレデリックは何度も何度も同じことをする。

それがキスであることに、さすがのジュディスも三度目くらいには気付いていた。唇や頬へのキスもまだ慣れないのに、背中になんて恥ずかしすぎる。ちなみに、昨夜身体のあちこちを唇でなぞられたことは、ジュディスの中でキスにカウントされていない。

逃げを打っては捕らわれ直し、そうこうしているうちにジュディスはベッドに倒れ伏し、その上からフレデリックに伸し掛かられて身動きが取れなくなった。

フレデリックは、コルセットや下着ごとドレスの後ろ身頃を引き下ろした。暖炉にはすでに火が入っているため、外気に素肌をさらしてもそんなに寒くはない。

露わになったジュディスの滑らかな背中。フレデリックはそのあちこちにキスを降らせていく。

キスされるたびにジュディスの身体はびくびくと跳ね、背中でとろりと囁かれるたびに細かな震えが全身の力を奪っていく。自分の身体の反応に耐えるのに必死なジュディスは、フレデリックが時折肌を強く吸い、そこに紅い痣を作っているのに気付かない。

仰向けにされる頃には、前身頃を抱えていた腕からも力が抜けていた。両腕は胸元から転がり落ち、シーツの上に投げ出される。紐を解かれたドレスやコルセットは、はらりと開いてまろやかな二つの膨らみを露わにする。

フレデリックは暖炉の明かりがちろちろと照らすその光景にうっとりとした笑みを浮かべると、魅入られたかのように胸の谷間に顔を埋めていった。

谷間に熱い吐息と唇を、そして寄せ上げられた膨らみに思いのほか柔らかな頬とさらさらとした髪を感じ、羞恥のみならず、乱れ打つ鼓動と、身体の奥深くに昨夜も点った熱を覚えて動揺する。

「で……殿下、ダメです……」

怠い腕を懸命に上げ、押し返そうとする意志を見せてもう一声。

「怖いことはしないって仰ったじゃないですかっ」

するとフレデリックは頭を上げ、きょとんとした顔をジュディスに向けた。

「うん。言ったけど、ジュディスはどうして昨日怖かったの？」

問われると返答に困る。

(昨日も怖い思いはしたけど今日の怖さとは違うし、それに――)

「昨日はさ、何をされるかわからなくて怖かったんじゃない？」

心の声の続きを引き受けるように言い当てられてどきっとする。

嘘はダメだよと言いたげに覗き込んでくるフレデリック。正直者のジュディスに、嘘をついてこの状況を回避するという考えは思い浮かばなかった。

「その、仰る通り、だったと思います……」

消え入りそうな声で返事をする。それを聞き逃さなかったのだろう。フレデリックは天使の顔に嬉しそうな笑みを浮かべた。

「なら今日は何をされるかわかってるから怖くないよね？」

（そういうことになるかしら？？？）

悩んでいるうちに唇に軽くキスをされ、また胸元に顔を埋められる。

「あのっ、ちょっと待ってくださいっ。やっぱりこういうことは結婚前にはよろしくないとっ」

「一度しちゃったから手遅れだよ。ここにもう、僕たちの愛の結晶が宿ってるかもしれない」

再び顔を上げたフレデリックが、慈愛の微笑みを湛えてジュディスの腹部に視線を落とし、そっと手を置く。

（殿下――とわたしの赤ちゃん……）

倫理がどうのと考えていた頭が、一気に別のことで塗り替えられていく。

叶わぬものと諦めて、忘れ去ろうとしていた夢。

（わたし、この手に自分の赤ちゃんを抱けるの……？）

にわかに希望が芽生えて呆然としたジュディスのドレスを、フレデリックの不届きな手が脱がせていく。その最中、ジュディスの身体の至る所に紅い痣を残して。

下着を中途半端に絡ませたままのジュディスを組み敷き、フレデリックは巧みな指捌きで蜜壺を探った。

「あ、昨日のがまだ残ってたみたい。これなら大丈夫かな？」

身体の深くからとろりと零れてきた何かをぷっくり膨れてきた敏感な部分に塗りたくり、二本の指で弄ぶ。

「あっ、殿下……っ」

高まる快感に訳もわからず呼び声を上げると、ジュディスを翻弄していた指がぴたりと止まった。

「フレドって呼んで？」

「え……!?」

「もう婚約もしたんだしさ。他人行儀な呼び方しないで、僕の名前を呼んで？　じゃなきゃしてあげないよ？」

何をしてあげないのか、フレデリックが微かに指を揺らして教える。その程度の刺激じゃもう耐えられない。快楽の解放を切実に求める身体と残された理性がせめぎ合うも、名前を呼ぶくらいなら、という気持ちもあって、ジュディスの躊躇いはごくわずかだった。

「――ッ、フレド、様ッ」

「様もいらないんだけど」

苦しそうに顔を歪めながら、フレデリックが指を動かす。快楽の芽を強く押し潰され、全身に快楽の痺れが走り、ジュディスはたまらず身体を仰け反らせた。

「あああっ！」

宙に放り投げられたような感覚は、再び蜜口に差し込まれた指によって掻き消える。

「中で感じるっていうのはまだ無理かな」

フレデリックが何を言っているのかわからなかったけれど、指を咥えさせられたまま敏感な突起を弄られて、また何か大きな波が近付いてくる。

「痛くない？」

何を尋ねられているかもわからないまま、ジュディスは必死に頷く。

「ごめん、僕ももう限界だ……ッ」

指を引き抜かれたと思ったら、指より熱くて大きな何かが宛てがわれた。

翌朝、毛布にくるまってジュディスは自己嫌悪に陥っていた。

（また流されちゃうなんて～！　わたしどうかしすぎてる……！）

赤ちゃんは欲しくても、結婚前に妊娠するのはどうかと思う。

で、問題はそれだけじゃなくて。昨夜のことを思い返し、眩暈（めまい）がするほど顔を火照らせる。

フレデリックは、自身をジュディスに受け入れさせたまま、胸の頂を口で嬲り、快楽の芽を指で弄んで、ジュディスに何度も宙に放り投げられるような感覚を与えた。それが達するということであり、それまでの過程が気持ちいいことであるというのをフレデリックに教えられたけれど。

(年下の男の子にそういうことを教えられちゃうわたしってどうなのよ～！)

先に起きていたフレデリックが戻ってくるまで、ジュディスの悶絶は続いたのだった。

三章

最中は平気なのに、翌朝起きると腰が痛いってどういうことだろう。最中から痛ければ、その時点で痛いと告げて――いや、あんなにがっついたフレデリックがやめてくれるとはとても思えない。

痛む腰を庇いながらフレデリックと朝食を取り、食後のお茶を飲んでいたときにジュディスは思い切って言った。

「昨日言い忘れたんですけど、アントニア――親友に今回のことを直接話したいんです」

「……手紙を書いて届けるんじゃダメなの？」

「親友には今のシーズンが終わったら修道院に入るって言ってしまったんです。それに、会っていろいろおしゃべりしたいですし……」

王族の婚約者になると、そういうことも禁止されてしまうのだろうか。

びくびくしながらそうっとフレデリックの顔を見遣ると、フレデリックは何故か驚いたような顔をし、それから仕方ないと言いたげな笑みを浮かべた。

「わかった。予定が決まったら教えて。君のスケジュールを調整するよう言っておく。でも、今日はダメだからね。午後からハトンリー伯爵の園遊会、夜はガスコイン侯爵の夜会に出席しなくてはいけないから」

「は?」

何を言われているかわからない。

フレデリックは呆れたように笑った。

「僕たち婚約したでしょ? お祝いの挨拶をしたいっていう貴族たちからの問い合わせが殺到していてね。収拾がつきそうになかったから、ハトンリー伯爵とガスコイン侯爵に最低限挨拶しなきゃいけない貴族を集めてもらったんだ。エメラルド宮に招待することも考えたけど、そうするとジュディスに負担がかかっちゃうからね」

(それって、わたしに大きな催しを仕切ることはできないと思われてるってことよね……)

悲しいかな、まったくもってその通りだ。

ジュディスの実家パレッド家は、屋敷の規模や身分的な兼ね合いで、十数人くらいを招いてのお茶会や晩餐会を開くのが精々だ。王家主催の数百人が招待される催しなど、できるはずもない。しかも実家で人を招く際、主催するのは両親や兄夫婦で、ジュディスは少しお手伝いしただけだった。

それに、実はジュディスは人付き合いが苦手だった。感覚が他の人とずれているらしく、あまり親しくない人とは会話が噛み合わない。フレデリックは、ジュディスが安心して話ができる数少ない人で、他人との会話を基本苦手としていることも知っている。

社交の催しの主催者がすべきことで一番大事なのは会話だ。会話が苦手なジュディスにには荷が勝ちすぎている。それどころか、今日予定されている二つの催しも乗り切れるかどうか。

ジュディスの不安に気付いたのだろう。フレデリックは手にしていたカップを口から離し、にこにこしながら言った。

「ああ、安心して。面倒な挨拶は僕に任せて、ジュディスは隣で微笑んでいるだけでいいからね」

ジュディスは、フレデリックの曇りのない笑顔を見て脱力した。

（わたしたちの結婚は、殿下にはもう決定事項なのね……）

決定事項も何も、議会の承認があって国王主体で話が進んでいるからには、今更取り止めということはないのだろうけど。

（王子妃になるからには、少なくとも殿下の足を引っ張らないようにしなきゃ。微笑んでいるだけじゃ社交にならないし、王子妃なのに社交場が苦手だなんて言ってられないことくらい、さすがにわたしでもわかるわ）

ジュディスは観念して返事をした。

「微笑んでいるだけというわけにはいかないと思うけれど、頑張ってみます」

「ジュディスのそういった前向きなところ、好きだよ」

大人びた笑みを浮かべるフレデリックを見て、ジュディスは頬を赤らめた。


朝食のあとすぐに支度が始まり、午後には王都郊外にあるハトンリー伯爵の屋敷に馬車で乗り付けていた。

ハトンリー伯爵といえば、辺境に広大な領地を持つ有力貴族だ。王家や国への忠誠心が強いことでも知られている。同じ伯爵でも、ジュディスの実家ビンガム伯爵家とは家格が違いすぎるため、面識はあるものの家同士の親しい付き合いはない。

(忠誠心が強いからこそ、殿下とわたしとの婚約を快く思っていないのではないかしら?)

不安を募らせながら出席した園遊会だったけれど、思いがけず手厚い歓迎を受けた。主催者のハトンリー伯爵老夫妻はジュディスがフレデリックの婚約者になったことを手放しで喜んでくれるし、他の出席者たちも温かい祝福の言葉をかけてくれる。フレデリックの話に困惑することはあったけれど、思っていたような嫌な思いをすることはなかった。

エメラルド宮への帰りの馬車の中で。

「殿下。どうして嘘を仰ったのですか？」

「え？　嘘って何の話？」

ジュディスは姿勢を正して真剣に尋ねたのに、フレデリックは背もたれにゆったり身体を預けたままとぼけてみせる。ジュディスは瞼を少し下げ、厳しめの視線をフレデリックに注いだ。

二人のなめそれを聞かれたとき、フレデリックは七年前からジュディスと結婚の約束をしていたと嘘をついたのだ。そればかりか、フレデリックに結婚するなと命じられて、ジュディスはそれを守って縁談を断り続けたとまで嘯いた。

「今日の話が広まれば、殿下の嘘はすぐにバレます。結婚の約束はともかく、縁談は相手のいる話なのですから」

フレデリックは組んだ両足の上に指を絡めた両手を置き、肩をすくめてみせた。

「その相手たちも、ジュディスに断られたっていう話に乗っておいたほうが得だとすぐにわかるさ。——知ってる？　奴ら密かに評判が悪いんだよ。ジュディスが結婚できなかったのは、縁談を持ち掛けておきながらあっさり引いた男たちのせいだという意見が一部にあってね。ビンガム伯爵は娘の縁談をむやみに断るような頑固者じゃないし、逆に縁談のような大事な交渉事もまともにできない人間のほうが信用に値しないってことで、ちょっと苦労してるみたい。——〝内密にと頼まれたので誰にも言えなかったが、ジュディスは僕に命じられて縁談を断ってきた。伯爵家側が白紙に戻したという話にしたのは、これ以上縁談を持ち掛けてもらうのは心苦しいというジュディスの意を汲んでのことだった〟という話にできれば、奴らがばらまいた〝ジュディスには人に言えない問題がある〟という悪意ある吹聴の言い訳になる」

そういえば、以前アントニアから、フレデリックに今されたような話を聞かされた。苦い思い出が蘇り目を合わせていられなくなると、フレデリックがついと手を伸ばしてきて、ジュディスの頬をそっと撫でた。うっかり昨晩、一昨晩のことを思い出し、ジュディスの頬は熱くなる。

「ジュディスにしてみれば腹立たしいだろうけど、ここは穏便に済ませておいたほうがいい。大丈夫。いっとき奴らの評判が持ち直したとしても、ジュディスの悪評をばらまいていた当時の奴らを知っている者はたくさんいる。賢明な者なら、そちらのほうが奴らの本性だと気付くはずだ」

顔を上げたジュディスは困惑した。目の前にあるのは爽やかな笑顔のフレデリック。こんな顔をして今の黒々とした話をしたのだろうか。一昨日の午後に再会してからというもの、ジュディスは驚かされっぱなしだ。

(殿下の本性がわからなくなってきたわ……)

悩むジュディスに、フレデリックは快活に声をかける。

「さ。今晩のガスコイン侯爵の夜会に出席すれば、煩わしい社交の付き合いは一通り終わる。あと一晩の辛抱だ」

「え？　でも何人かの方々から夜会やお茶会へお誘いいただいたんですけど」

フレデリックは組んでいた足を下ろし、目を瞠って前のめりになる。

「え？　いつの間に？」

「殿下が男性の方々に囲まれたときです。わたしもそのとき女性の方々に囲まれまして。皆様、親切に話しかけてくださいました」

あのときはびっくりした。組んでいた腕を解いたら、急にフレデリックと引き離されてしまい。社交界はしばらくぶり、しかも王子の婚約者という立場になった今、何をどうすればいいかわからない。助けを求めようとフレデリックのほうを見れば、そちらには男性の人だかりができていたというわけだ。それが唯一起こったハプニングである。

「……あいつら、やってくれたな」

膝に肘をつき、頭を抱えてフレデリックは悪態をつく。だがすぐに姿勢を正すと、何やら恐ろしげな笑顔をジュディスに向けてきた。

「で、誰から『お誘いいただいた』って？」

何故だか叱られている子供のような気分になって、ジュディスは肩をすぼめる。

「ごめんなさい。たくさんの方に次々声をかけていただいて、覚え切れませんでした。でも、皆様招待状を送ってくださると仰ったから」

「で、招待状を送ってくれるって言われて、何て答えたの？」

「……ありがとうございます、と」

躊躇いながら答えると、フレデリックはがっくり項垂れた。


王宮にほど近い場所に広い敷地を持つガスコイン侯爵の屋敷に到着したときには、日はとっぷりと暮れ夜会はとっくに始まっていた。会場内に入ると、ハトンリー伯爵家の園遊会のときと同じく、主催者たちや出席者たちから手厚い歓迎と祝福を受ける。

挨拶を兼ねた歓談を次々こなしていくフレデリックの隣に立っていると、ガスコイン侯爵の嫡男が近付いてくるのが見えた。

言わずと知れた、ヴェレカー子爵トレバー・カニングだ。他の人たちより頭一つ分は背が高いため、人垣に囲まれているジュディスとも簡単に目が合った。

「あ……ヴェレカー子爵……」

ジュディスの呟きを耳にした人たちが、トレバーのために道を空ける。彼らに礼を言いながら、彼はジュディスたちの前まで来た。

「フレデリック殿下、ジュディス嬢、ご婚約おめでとうございます。ジュディス嬢、昨夜は自己紹介もせず申し訳ありません。私はガスコイン侯爵の嫡男、ヴェレカー子爵トレバー・カニングと申します。どうぞお見知り置きください」

「こちらこそ、きちんとご挨拶をせず申し訳ありません。昨夜は声をかけてくださり、ありがとうございます」

「もう行っていいぞ。おまえがいると、他の者たちとの挨拶が終わらない」

フレデリックの不遜な物言いに、ジュディスはぎょっとした。

「殿下！　ヴェレカー子爵に失礼です！　子爵は殿下の先生じゃありませんか」

身分はフレデリックのほうが上だけれど、トレバーはフレデリックに外交を教えた言わば恩師だ。それなのにこの態度はない。――と思ったのに、当のトレバーはにこにこしながらジュディスに言う。

「ジュディス嬢、気になさることはありません。本当のことを言えば、私は殿下の先生であったことなどないのです。むしろ、殿下が私の師でしてね。私が敏腕外交官と呼ばれるようになったのは殿下のおかげです」

この話に、ジュディスだけでなく周りにいた人たちもぽかんとした。トレバーが外交官として頭角を現し始めたのは十二、三年前だと聞いている。フレデリックはその頃五、六歳だったはずだ。フレデリックがトレバーの師だなんて、どう考えても無理がある。

（これはからかわれているの？　それとも皆を笑わせたくて冗談を言っているの？）

誰もが対応に困っている中、フレデリックが憮然として「もう行け」と言う。酷いあしらわれ方だと思ったのだが、トレバーはにこやかに礼をした。

「退出のご許可をありがとうございます。身重の妻が心配なので下がらせていただきますね。このあとも、どうぞごゆるりとお楽しみください」

声をかける間もなく、トレバーは驚きの速さで去っていく。

「……奥様にご挨拶しなくていいのかしら？」

「あいつのことだから、心配のあまり欠席させてるに決まってるさ。それより、他の挨拶を済ませてさっさと帰ろう」

「殿下！　そういうことを仰っては」

「だって、ジュディスと早く二人きりになりたいんだ」

拗ねるように言ったフレデリックは、周囲の人々の反感を買うことなく、愛する女性を得て浮かれた青年というように好意的に受け取られる。

つつがなく挨拶が再開され、すべての出席者を捌いた頃には夜半の鐘も鳴り終わっていた。主催者や出席者たちに引き留められるのをフレデリックが笑顔で躱して、正面玄関に辿り着く。そこでトレバーが待っていた。

「そろそろお帰りになるかと思いまして。とっくに馬車を呼びにやらせたのですが、なかなか来ないですね」

ジュディスは笑顔のまま顔を強張らせた。

（大丈夫……とっくに呼んでくださったのだから、そんなに待たされることはないわ）

あともうひと踏ん張りとばかりに、ジュディスは足に力を入れる。

正直ジュディスは疲れていた。フレデリックと再会した一昨日の午後からいろんなことがありすぎて、体力も気力もかなり擦り減った。おまけに朝からの腰の痛みがまだ残っていて、立っているのが辛い。

顔に出てしまったのか、トレバーが心配そうに声をかけてきた。

「大変お疲れのようですね。椅子をご用意いたしましょう」

「いえ、お気遣いなく。馬車もそろそろ着くと思いますので……」

ジュディスは遠慮したけれど、トレバーは構わず使用人に椅子を持ってこさせる。お言葉に甘えて座るまでの間、トレバーとフレデリックは言葉を交わした。

「殿下、聞きましたよ。ハトンリー伯爵家の園遊会の話」

わくわくした様子で返答を待つトレバーに、フレデリックは渋い顔をする。

「今日の午後の話なのに、もう出回っているのか」

「このチャンスを逃してなるものかと、社交界中が沸いてます。観念して社交界を回ったらいかがです？」

「わかってる。その方向で調整中だ」

(何だか偉そう――って、王子殿下なんだから偉いんだけど。でもこんな話し方もなさるのね)

持ってこられた椅子にありがたく腰掛けると、トレバーはフレデリックに進言した。

「ならばなおのこと、ジュディス嬢を労わったほうがよろしいですよ。このままでは身体が保ちません。手加減することはできないのですか？」

「それができれば苦労はない。……ちょっと予定外だったんだ」

フレデリックはむくれたように言葉を返す。

二人の遠回しな会話をジュディスなりに考察した上で、トレバーに微笑みかける。

「ヴェレカー子爵、お気遣いありがとうございます。わたしは大丈夫です。こう見えても体力はあるんですよ。それに、殿下の……殿下と一緒にいるのでしたら、社交界に出ないわけにはいきませんから」

フレデリックの妃になるとは口にできず、途中で言い直す。

トレバーは口元に拳を持っていき、小さく笑った。

「いえ、社交だけの話をしているわけでは」

「トレバー。余計なことを言うな」

フレデリックが低い声で遮る。何かを隠そうとしているとは察したけれど、不機嫌そうなので尋ねるのを躊躇う。トレバーは呆れた笑みを浮かべた。

「でしたら、スケジュールをもう少し緩めたらいかがですか？　それだけでも負担が減ると思いますよ」

「……検討する」

フレデリックの返事を聞いて、ジュディスは少し驚いた。ジュディス以外で、フレデリックが苦言を聞き入れるのを初めて見た気がする。彼も大人になったので、考え方が柔軟になったのかもしれないけれど。

それから程なくして馬車が到着し、ジュディスは椅子のお礼を言って、フレデリックの手を借りて馬車に乗り込む。

馬車が走り出すと、外からトレバーの叫び声が聞こえてきた。

「それじゃお元気で～。何事もほどほどにですよ～」

最後まで訳のわからない人だった。敏腕外交官として各国の代表と渡り合い、国に貢献してきた傑物とはとても思えない。

馬車がスピードに乗ると、フレデリックは車窓のカーテンを引いた。車内にはランプが吊るしてあるので、薄暗いけれど視界に困ることはない。

「ジュディス、ちょっと失礼するよ」

フレデリックの手がジュディスの背中に伸び、そこにある紐に手をかけた。昼間の外出着と違い、夜会用のドレスは背中を紐で引き絞っている。

それはともかく、ここは馬車の中で、寝室じゃない。

「こんなところで何を……!?」

ジュディスは身を捩って阻止しようとしたけれど、どこでこんな技を覚えてきたのか、フレデリックは片手で簡単にドレスの紐を解いてしまう。

「これで楽になった？」

ジュディスは目を瞬かせた。コルセットの紐もすべて解かれたところで、フレデリックの手はジュディスの腰を支えたまま止まっている。

「腰が痛いんだろう？」

「っ！　気付いておられたのですか!?」

隠し通せたと思ってたのに恥ずかしすぎる。

「上手く隠してたと思うよ。気付いたのは僕とトレバーだけだろうね」

ジュディスはぎょっとした。

「ヴェレカー子爵もですか!?」

「ジュディスは社交のことだと思ってたみたいだけど、トレバーは多分こっちの話をしてたと思う」

「こ……こっちって……」

「これのこと」

フレデリックがこめかみにキスをしながら、するりと腰を撫でる。それで何のことだか理解した。ジュディスは羞恥に震える。

（嫌──！　穴があったら入りたい……！）

「トレバーは変な奴だけど、他人が隠したがってることを吹聴するような嫌な奴じゃないから安心して。それより、こうしたら楽かな？」

軽々とフレデリックの膝に乗せられ、ジュディスはびっくりする。ほんのちょっと持ち上げられただけとはいえ、それができるほどの腕力をフレデリックが持っているとは。

「楽な姿勢を取るといいよ」

フレデリックの膝の上で動くのは酷く気が引けたけれど、痛む腰には敵わない。お言葉に甘えて、ジュディスは背中を丸める。フレデリックはジュディスを抱きしめるようにして、腰の辺りを擦り始める。最初は居たたまれなかったけれど、だんだん気持ちよくなってくる。それどころか変な気分になってきて、もじもじと太腿を擦り合わせてしまう。

「ダメだよ。この先は帰ってから。ね？」

フレデリックに甘ったるく囁かれ、ジュディスは酩酊のようなものを覚えた。

寝支度を調えて自力で寝室へ歩いてきたジュディスに、先に来ていたフレデリックが呆れて言った。

「無理しなくてもよかったのに」

「そお、いうわけには、いきま、せん」

ジュディスはぎくしゃくと歩いて、ベッドに腰掛けるフレデリックに近付く。フレデリックは手にしていた本をサイドテーブルに置いて、にっこり笑って両腕を広げた。

「ここにおいで。マッサージしてあげる」

こんなふうに迎え入れられるのは何だか照れくさい。もじもじしながらフレデリックの開いた膝の手前で立ち止まる。フレデリックはしょうがないなというような顔をすると、立ち上がってジュディスを横抱きにした。

「きゃ……！」

素早い動きに驚いて、ジュディスはとっさにフレデリックの首にしがみつく。フレデリックは「よっと」という掛け声と共にベッドに上がり、中央に腰を下ろした。

向かい合わせになるようにジュディスを膝の上に乗せて。

「ああああああああの！　あっ足が……っ！」

気付けばジュディスは、足でフレデリックの腰を挟む状態で彼の膝に座っていた。

姿勢は違えど、フレデリックと一つになるときのような密接具合に、ジュディスの気は動転する。離れようとして彼の首から手を放すと、バランスを崩して後ろに倒れそうになった。

「きゃあ！」

「危ない！　ちゃんと掴まって」

フレデリックに引き寄せられ、ジュディスはまた彼の首にしがみつく。すぐさま両手で包み込むように腰を撫でられ、ざわりと官能を刺激された。

「どう？　馬車じゃ片手でしかマッサージできなかったから、このほうが楽じゃない？」

（どうしよう……エッチな気分になって腰の痛みが気にならなくなったなんて言えない）

答えられないでいる間も、フレデリックはマッサージを続けてくれる。

「ジュディス……ねぇ、キスしたい。マッサージのお礼に。いいでしょう？」

ジュディスは少し身体を離し、フレデリックの目を見て文句を言った。

「……腰が痛いのは殿下のせいではありませんか」

「ちょっと暴走しちゃったのは否めないけど、僕、ちゃんとジュディスに許可取ったよね？」

「そ……それはそうですけど……」

「だから、ね？」

フレデリックは甘い笑みを浮かべ、ジュディスの顎に手を掛けて引き寄せる。その拍子で薄く開いたジュディスの唇に、フレデリックは顔を傾け唇を重ねた。ついばむように数回。それから口腔に舌を滑り込ませてくる。誘ってくるようなその舌に促され、ジュディスはおずおずと舌を絡めた。

（キスくらいならいいかしら？）

そんな甘めの判断をしてしまうのは、フレデリックのキスの誘惑に抗えないからだと、当のジュディスはまだ気付いていない。そんな彼女が、腰をさするフレデリックの手が官能を仕掛け、ジュディスの熱を煽っているのに気付いたのは、足の付け根辺りまで捲れ上がっていた夜着の裾から入り込んできた大きくて熱い手に、お尻から腰のくびれまで撫で上げられたときだった。素肌を直接刺激され、ジュディスの身体は敏感に快楽を拾うようになる。

「あっやっ、ま、待ってくださいっ」

「待たなきゃダメ？」

子供のように可愛らしく言われたけれど、ようやく和らいできた腰の痛みがまたぶり返すのは勘弁してもらいたい。さすがにその通りには言えず「腰が……」と呟けば、それだけでフレデリックは理解してくれた。返答は期待していた通りではなかったが。

「大丈夫。腰が痛くならないよう優しくするから」

優しくって何を？　という自問に赤くなりながら、ジュディスはささやかな抵抗を試みる。

「それに、結婚もしていないのにこんな……」

「今更じゃない？」

フレデリックは一言でジュディスの抵抗を封じる。ジュディスのガウンと夜着をいとも簡単に脱がせると、一糸まとわぬ姿になったジュディスを膝の上から後ろへころんと押し倒した。フレデリックの腰を挟むように広げていた足は、伸し掛かってきた大きな身体によってさらに押し広げられる。フレデリックから見えていないとはいえ、恥ずかしい格好に変わりない。何とか閉じられないものかとごそごそすると、内股に何かが当たり、それが硬く大きくなった。

（え？）

嫌な予感がして動きを止めたジュディスに、顔をしかめたフレデリックが苦しげに言った。

「……ジュディス、そのまま動かないでいてくれるかな？　今動かれるとマズい」

（きゃああ！　当たっ、当たっ、嫌あぁぁ！）

口に出すのをこらえる代わりに、心の中で盛大な悲鳴を上げる。フレデリックの男性の象徴を刺激してしまったことに気が動転してのことだけれど、それこそ今更だ。

またやらかすことを恐れたジュディスが硬直したのをいいことに、フレデリックは愛撫を始めた。鎖骨に舌を這わせ、胸の膨らみを揉みしだいて、脇腹から太腿へと撫で下ろす。フレデリックの手が秘所に伸びたときには、身体だけでなく心も蕩けて、彼から与えられるものしか考えられなくなっていた。「うわぁとろとろ。指入れていい？」「そろそろ指を増やしていいかな？」などと問われるごとに、ジュディスはただこくこくと頷く。フレデリックが身体を起こしガウンと夜着を脱ぎ始めても、快楽が回って力の入らない身体を投げ出したまま、露わになっていくフレデリックの引き締まった身体をぼんやり見上げていた。

フレデリックがジュディスの足を限界まで押し広げる。

「入れるよ。腰が痛くならないよう、ゆっくりするから安心してね」

その言葉通り、フレデリックはしとどに濡れた入り口に狙いを定めると、弱い力で押し入ってくる。入り口から順に中を擦られ広げられていく感覚は、何とも不思議な感じがした。自分のものではない鼓動が、質量と熱を伴って深く深く入り込んでくる。それを感じたのは今回が初めてで、僅かな快楽と共に男女の営みの神秘に触れたような気がした。

「全部入った。ジュディス、大丈夫？」

上半身を倒して覆いかぶさってきたフレデリックに問いかけられ、何を問われているのかわからずジュディスは目を瞬かせる。そんなジュディスに、フレデリックは苦笑した。

「忘れちゃってるってことは、いい傾向なのかな？　腰のことだよ。痛くない？」

言われて思い出したことを恥ずかしく思いながら、ジュディスは「痛くないです」と答える。その答えに満足げな笑みを浮かべたフレデリックは、ジュディスの背中に両腕を回し、弾みをつけて抱き起こした。

「きゃあ！」

　ジュディスは悲鳴を上げてフレデリックの首にしがみつく。フレデリックが尻もちをつくようにベッドに座り込んだので、その衝撃で最奥を突かれ、ジュディスは強い快楽に息を詰めた。衝撃が過ぎ去ったところで、ジュディスはしがみついていた腕を解いて、フレデリックを睨み付ける。

「殿下、何をなさるんですか！」

「せっかく腰が痛くなくなったみたいなのに、また僕が突いたりしたらぶり返しちゃうかなって思って。ジュディスを僕のものにできたのが嬉しすぎて、一度始めると自制できる自信がまだないんだ」

　にこやかにあけすけなことを言うフレデリックに顔を赤らめたものの、この体勢が意味するところがジュディスにはまだ理解できない。それがわかっていてか、フレデリックは胡散臭い笑みを浮かべて「だからね」と言った。

「僕の代わりに、ジュディスに動いてもらおうと思って」

「！！！！」

　ジュディスは驚愕して口をぱくぱくさせた。

（わたしが動く!?　そんなことできるわけな――）

「あっんっ」

　奥深くを軽く突き上げられて、喘ぎ声を零すと共に思考がどこかへ消えてしまう。

「ジュディスが動いてくれないから、僕が動いちゃったじゃないか。さあ、教えてあげるから僕が我慢できるうちに自分で動いて？　じゃないとまた腰を痛くさせちゃうよ？」

可愛らしく脅されて、ジュディスは仕方なくフレデリックの手ほどきで動き出した。フレデリックの腰に足を巻き付け、腰を前後に揺らしたり、たまに回すようにしてみたり。脅してもらわなければ、こんなこと恥ずかしくてできなかった——その事実から目を逸らし、ジュディスは導かれるままに腰を動かす。

その動きから快楽が生まれるようになると、ジュディスはより多くの快楽を得ようとする自分を止められなくなる。より気持ちよくなる場所にフレデリックのものが当たるよう腰を動かしていると、不意にまたフレデリックが突き上げてくる。

「ひぁん！」

「拙いけど、ジュディスがしてくれてると思うとクルものがあるね」

快楽にぼやけた頭では、フレデリックの言った言葉が理解できない。蕩けた顔をしたジュディスを見て何を思ったのか、フレデリックは企むような笑みを浮かべ、仰向けに寝そべった。ジュディスは「きゃあ！」と悲鳴を上げ、ひっくり返りそうになる。フレデリックはジュディスの腕を摑んでそれを止めると、互いの両手のひらを重ね、指を絡めて握り込んだ。半ば正気付いたジュディスは、フレデリックの上に足を開いてしゃがみ込んだ自分に気付いて狼狽える。

「な……！」

立ち上がろうとするも、フレデリックに両手を握り込まれていて上手くいかない。少し腰を浮かせても、バランスを崩して尻もちをついてしまう。その動きで彼のものを出し入れしてしまい、ジュディスは真っ赤になりさらに狼狽えた。せめて足は閉じられないかと動かそうとしたそのとき、フレデリックが腰を突き上げてくる。

「あっ……っ！」

「我慢できなくなってきちゃったよ。手伝ってあげるからジュディスも頑張って？　ほら、お尻を弾ませるようにして」

突き上げられるたびにお尻が浮き、フレデリックの上に落ちてはもどかしいほど弱い快楽を身に受ける。そのうちより強い刺激を身体が求め始め、ジュディスはフレデリックの動きに合わせて無自覚に腰を弾ませ始めた。でも、得られる快楽はこれまでより弱い。落ちる場所がわずかにずれれば、欲しいところに刺激が来ない。それでも回数を重ねれば腹の底に快楽は溜まるもので、こらえ切れなくなったフレデリックが先に達したのをきっかけに、身体の奥に吐き出された熱い飛沫に押し上げられるように、ジュディスは小さな頂に達した。

身体から力が抜け、ジュディスはフレデリックの上に倒れ込む。フレデリックは両手を解いてジュディスを抱き留めた。

「……物足りなかったんじゃない？　ジュディスがいいよって言ってくれたら、いつものやり方でもう一回するけど、どうする？」

　図星を指され、ジュディスは赤くなってぐっと喉を詰まらせる。頷くまでに躊躇った時間は、ほんのわずかだった。


　翌朝、ジュディスはベッドの上で上掛けに包まりながら、腰の痛みに耐えていた。

（どうしてわたしは学習能力がないの？）

　どうすると聞かれて頷くのではなかった。頷いた途端、フレデリックはジュディスと身体の位置を入れ替えると、がつがつとジュディスを貪った。若い彼はそれだけでは終われず二度三度と。その結果がこれだ。

　そもそも、優しくすると言われて承諾するのではなかった。もっと言えば腰のマッサージをしてもらうのではなかった。快楽に負けて流されてしまう自分に気付くべきだった
――そうは思うけれど、やはり恨まずにはいられない。

　ベッドに戻ってきたフレデリックが、丸まるジュディスの上にぽんと手を置いた。

「反省会が好きだねぇ」

　しみじみ言われ、ジュディスはがばっと起き上がる。

「どなたのせいだと思ってるんですか！」

「僕のせいだね。ごめんごめん。ジュディスが可愛くってついさぁ」

フレデリックはつやつやな笑顔で、まったく悪びれずに謝った。


ハトンリー伯爵家の園遊会があった翌々日から、ジュディスは大忙しになった。昼間はお茶会や音楽会、夜は晩餐会に舞踏会、観劇など。ジュディスはどんな催しに出席するのかよくわからないまま、侍女たちにされるがままに支度をし、家令に見送られてフレデリックと一緒に馬車に乗る日々を送る。

ある昼の催しで、ハトンリー伯爵夫人と再会した。

「こんばんは。フレデリック殿下、ジュディス様」

(え？　今、舌打ちが聞こえたような気が)

隣を見れば、フレデリックが忌々しそうに顔をしかめている。挨拶を返さない彼より先に、ジュディスが返答すべきだろうか。迷っていると、伯爵夫人がころころ笑って言った。

「ジュディス様を隠そうとするからいけないのです。王子妃になられるのですから、社交を避ければジュディス様が苦労することになりますよ」

「……お節介ババァ」

「殿下!?　なんてことを！」

驚いて諫めようとすると、夫人は「ほほほ」と笑い声を立てた。

「敏腕外交官と讃えられる殿下ですが、まだまだ子供でいらっしゃいますね。いけないことはいけないと、きちんとお諫めできるジュディス様が、殿下の妃になられることになってよろしゅうございましたわ」

「お……恐れ入ります」

（わたし、できているのかしら？　いつも殿下に言いくるめられて、なんだかんだしているうちに流されてしまうのに……）

閨でのことを思い出してしまい、ジュディスはかあっと顔を赤らめる。

幸いなことに、褒められて恥ずかしがっていると思われたようだ。ハトンリー伯爵夫人は微笑ましそうに目を細め、別の話題を振ってきた。

「ジュディス様、聞きましてよ。高位のご夫人方に気に入られていらっしゃるそうではありませんか。『会話術におぼつかないところはあれど、わからないことは謙虚に教えを乞う姿がとても素敵なお嬢様』だって。困ったことがあったら相談してくださいませ。微力ながらもお力になりますわ」

「ありがとうございます！　心強いです」

感謝で胸がいっぱいになりながら返事をすると、フレデリックが隣でぼやき声を上げる。

「ジュディスに苦労かけるつもりはなかったんだけどな」

「殿下。社交を避けて通れないことはわかっています。ハトンリー伯爵夫人のように、今のうちから気にかけてくださる方がいらっしゃるのは、とてもありがたいのです」

「そう言っていただけて嬉しいですわ。――早速ですけど、向こうに紹介したい方々がいらっしゃるの。ついてきてくださる？」

「はい、喜んで」

「僕も行く」

「殿下。どれほど離れがたくても、ジュディス様の邪魔をなさってはいけませんわ。側にいて守るだけでなく、遠くから見守ることも、良い夫となるには大事ですわよ？」

からかうように言われて、フレデリックは不貞腐れたようにそっぽを向く。

（ふふっ、こういうところは小さかった頃とお変わりないわね）

「ジュディス、今僕のこと子供だと思っただろ？」

不機嫌な声で図星をさされ、ジュディスは笑いをこらえながら「申し訳ありません」と謝る。

「さあ、もういいでしょう。あんまりしつこいと嫌われましてよ？」

ハトンリー伯爵夫人とのこんなやりとりがあったあとから、ジュディスは催しの最中、ごくたまにフレデリックから離れて女性たちだけで歓談するようになった。

そんなある日の昼下がり。音楽会の前の歓談の時間に、ジュディスはアントニアを見かけた。前回彼女と会ったのは去年の十二月、ジュディスが王都に到着してすぐの頃。今はもう一月の終わりだ。王都にいるのにこんなに長く顔を合わせなかったのは初めてだ。思いがけない再会が嬉しくて、ジュディスは一緒にいた女性たちに断りを入れる。

「申し訳ありません。親友を見かけたので、挨拶してまいりますね」

女性たちの中には表情を曇らせたり顔をしかめたりする人もいたけれど、アントニアへと心が向かっていたジュディスはそれに気付かない。

アントニアもまた、ジュディスに気付いた様子がなかった。急いでいるのか、早足で遠ざかっていく。ジュディスは小走りになって追いかけた。

（一瞬目が合ったと思ったんだけど、気のせいだったみたい）

あと数歩というところで、ジュディスは声をかけた。

「アントニア！」

驚いたのか、アントニアは勢いよく振り返る。

「ジュディスじゃない！　久しぶり！　この前会ったのはいつだったかしら？　手紙をお宅に届けても、不在だからって手紙を突き返されてしまって困ってたのよ」

（わたしが実家にいないからって、突き返すのは酷いわ。どうしてお父様は手紙をエメラルド宮に送ってくれない――あ！）

心の中で不満を連ねている途中で、原因に思い当たる。ジュディスの父は伯爵だけれど地位は低い。娘がいるからといって、簡単に王宮と連絡が取れるような身分じゃない。

ジュディスに手紙を届ける手段がないなら、不在だからと言って返すほうがよっぽど親切だ。

(お父様、ごめんなさい。わたしのほうから連絡しなきゃいけなかったのに)

「ごめんなさい。忙しさに紛れて実家に連絡をしていなかったの。そんなだったから、いつわたしに届けられるかわからない手紙を預かるより、お返ししたほうがいいと考えたんだわ」

「そういうことだったのね。それで何がそんなに忙しいの？」

尋ねられて言葉に詰まる。

(忙しさに紛れてたからって、親友に大事な報告をしてなかったなんて)

申し訳ないと思いながらも、妙に照れくさくてなかなか言葉にできない。

「ええっと……あの……その……」

アントニアの顔色を窺うと、彼女は悪戯っぽく笑った。

「わかってるわ。第三王子殿下と婚約したんでしょう？　びっくりしたわ。ジュディスは結婚を諦めて修道院に入るって聞いていたから」

「アントニア、もうちょっと声を落として……」

結婚を諦めようとしてたことを他の人に聞かれるのは、どうにも居たたまれない。はきはきと正直に言うアントニアは魅力的だが、他人の心情にあまり頓着しないところが玉に瑕だ。今も、ジュディスが周囲を気にしている理由がわからないらしい。アントニアはしょんぼりと視線を下ろして言った。

「ごめんなさい。ジュディスは王子殿下と結婚するんだから、もうこんな気安い会話をしてはいけないのよね？　あっ！　もうジュディスって呼んじゃいけなかったかしら？」

「ううん、今まで通りでいいのよ。アントニアはわたしの親友じゃない。かしこまられてしまうのは嫌だわ」

「じゃあ、今までみたいにジュディスに会いに行くこともできるのかしら？」

「それは――」

（そうしてもらいたいのはやまやまだけど、アントニアを王宮へ招く許可を得られるかしら？）

悩むジュディスに、アントニアは悲しげに言った。

「ジュディスはもうすぐ王子妃になるんだもの。わたしのような悪い噂が付きまとう未亡人が仲良くしてちゃいけないわよね」

「そんなことないわ！」

ジュディスはとっさに叫んだ。目を丸くするアントニアに、詰め寄る勢いで言い立てる。

「アントニアは何も悪いことしていないじゃない。誰が何と言おうと、わたしはアントニアの親友をやめないわ。フレデリック殿下にあなたをエメラルド宮に招待していいかお伺いしなくちゃいけないから、ちょっとだけ時間をちょうだい」

「本当!?　嬉しいわ！　絶対、絶対エメラルド宮に招待してね！」

そこまで言ってアントニアは、何かに気付いたようにちらちらと周りを見ながら言った。

「あっ、ごめんなさい。用事を思い出したの。これで失礼するわね。連絡待ってるから！」

「え？　アントニア？？」

ジュディスが驚いている間に、アントニアは早足で人の合間に消えていく。一人その場に残されたジュディスは途方に暮れた。

（アントニアともっとおしゃべりするつもりだったのに、このあとどうしたらいいの？）

フレデリックはどこにいるかわからないし、一旦抜けてしまった女性たちの輪には戻りにくい。

（話しかけられる方がいらっしゃればいいけれど、わたし、社交下手だから……）

ハトンリー伯爵夫人や何人かの女性に力になるとは言ってもらったけれど、ジュディスには社交辞令にしか聞こえなかった。その原因は過去の経験にある。

四年前、とうとう嫁き遅れとなって迎えた二十一歳の社交シーズン。家族の勧めで社交の場に顔を出したけれど、フレデリックに嫌われたという噂が広まっていたジュディスに、アントニア以外の貴族は誰も近付こうとしなかった。

フレデリックを怒らせてしまったのは事実。それだけの話であれば、甘んじて受けるつもりだった。けれど、噂話の中から聞き捨てならない言葉が聞こえてくる。

『フレデリック殿下は、恐ろしいお方ね。かつてのお気に入りも、気に入らなくなれば縁談をすべて潰してしまうんですもの』

『まあ怖い。とばっちりを受けないよう気を付けなくちゃ』

顔を突き合わせてこそこそ話すのは、社交界デビューしてすぐ仲良くなり、ジュディスの悪評が広まり始めると同時に疎遠になった女性二人だった。もう関わるつもりはなかったのだけど、彼女たちの軽口が下手に広まって、フレデリックの評判を下げることになるかもしれないため、見ぬふりはできない。

『殿下は他人の縁談を潰して回るような卑劣なお方でもなければ、罪のない人に罰を与えるような非道なお方でもないわ』

抗議したジュディスに、二人は嘲笑を浴びせた。

『だからまたあなたと仲良くすべきだと仰りたいの？　あなたの言う通りだったとしても、フレデリック殿下に嫌われたあなたと親しくなるなんてごめんだわ』

『他人の話に首を突っ込んでまで人脈を広げようとするなんて、浅ましいわね』

周りの人々からもくすくす笑いが聞こえてきて、ジュディスはその場から逃げ出した。

それ以降、家族からどんなに誘われても、ジュディスは社交界に出ることはなかった。

そんなことがあったから、他人をなかなか信用できない。

(ダメダメ。こんなこと思い出して落ち込んじゃ)

俯いて気持ちを落ち着けようとしたそのときだった。足元に影が入り込み、非難がましい男性の声が聞こえてきた。

「望まれたからといって、君のような者が王子殿下の婚約者になるとは、身の程知らずだと思わないのかね？」

顔を上げれば、怒りを籠めて睨み付けてくる男性と目が合う。斜め後ろからも若い女性の侮辱が聞こえてきた。

「二十五歳の年増女が十八歳の殿下の妃になろうだなんてみっともない」

「二十五歳ですって？　嫁き遅れもいいところじゃありませんか」

「どうしてこんなぱっとしない人がフレデリック殿下の婚約者に？　この人より美しくて身分が高い方はたくさんいらっしゃるのに」

四方八方から悪意を突き付けられ、昔のように逃げ出してしまいたくなる。

しかし、ジュディスは思いとどまった。

(雰囲気に流されたとはいえ、自分の意思でフレデリック殿下のプロポーズを受けたじゃない。ここには殿下の婚約者として来たのでしょう？　だったら逃げちゃいけないわ)

ジュディスは覚悟を決め、背筋を伸ばして最初に声をかけてきた男性に向き直った。

「はい、身の程知らずだと思います。けれど、国王陛下のお許しを得た結婚を、お断りするのは無礼だと思いませんか？　わたしもびっくりしたのです。議会までもがわたしたちの結婚を承認したと聞いて。フレデリック殿下と結婚するなんて畏れ多いですが、わたしは少しでも殿下に相応しくなるよう、精一杯努力いたします」

言い終えて、ジュディスはにっこり笑う。

国王と議会の名を出されては、目の前の男性も引き下がらざるを得なかったらしい。ジュディスを射殺さんばかりに睨み付けたあと、ぷいっとこの場から去っていく。

それを見送ったあと、ジュディスは周囲の人々に目を向けた。

「わたしを年増女と呼んだ方はどなたですか？」

そう呼びかけたところで、名乗りを上げる人は誰もいなかった。ジュディスは構わず遠巻きにする人たちに向けて話をする。

「人によってはわたしは年増女に見えるでしょう。少なくとも、二十五歳の嫁き遅れであることは間違いありません。男性に見初めていただけるような美しさも持ち合わせていません。ですが、それでもフレデリック殿下はわたしを選んでくださったのです」

ジュディスが話し終えるのと同時に、馬鹿にした笑い声が聞こえてきた。

「元遊び相手の立場を利用して、殿下を誘惑したんじゃないの？」

正確に声の主を判別したジュディスはそちらに目を向けて、ジュディスは本気で問いかける。

「誘惑ってどうやってするんです？　少なくともわたしは、七年の間にただ一度、ほんのひととききお会いしただけで、手紙のやりとりさえなかった方を誘惑する術は持ち合わせておりません」

そこでジュディスは気づく。

（そうよ。この条件はフレデリック殿下も同じ。七年間にたった一度しか会わなかったわたしを、どうやったら愛せるというの？　やっぱり、殿下の愛は子供の頃の思慕の延長でしかないのよ）

その途端、悪意に立ち向かおうという勇気が萎えてくる。

（殿下が勘違いに気付いたら、わたしはきっとお払い箱ね）

哀愁に浸っていると、後ろからがつんと衝撃がきた。スカートに膨らみを持たせているクリノリンに何かが強くぶつかってきたのだ。そのせいでジュディスは転びそうになった。

（ダメ！　こんな高価なドレスを汚したら一生かけても弁償できないわ）

よろけながらも、ジュディスはかろうじて転倒を免れる。ほっとしたところで何がぶつかってきたのか確かめるために振り返ると、また背後から衝撃を受けた。それにも耐えると、狼狽えた小さな声が聞こえてくる。

「やだ。何で転ばないの？」

どうやらジュディスを転ばせようとして何かを当てているらしい。後ろを警戒しながら振り返ると、視界の端にジュディスに向かってクリノリンで広がったスカートをぶつけようとする令嬢の姿が見えた。二人の令嬢に支えられたその令嬢は、またも勢いよくジュディスにぶつかってくる。けれどジュディスはよろけるだけで転ばない。

(奉仕活動で足腰鍛えているものね。このくらいの衝撃は耐えられるわ)

三度も耐えれば、ジュディスを転ばそうとしている女性たちはムキになってくる。

「しぶといわね！」

「そのうち倒れるわ！　攻撃の手を緩めてはダメよ」

(攻撃の手ならぬ、攻撃のスカートね)

そんなことを考えながら、ジュディスは令嬢たちの間をあっちへよろよろ、こっちへよろよろする。

ジュディスは転ばないように集中し、令嬢たちはジュディスを転ばせようと必死で、周りの人々が奇異の目をして遠巻きにしていることには気付かなかった。そんな人垣をかき分けてきた人物が、ジュディスたちに訝しそうな声をかける。

「何をしているんだ？」

「あ。フレデリック殿下」

「殿下ですって!?」

令嬢たちは慌てて人混みの中に逃げていく。

険しい顔をしてそれを一瞥したフレデリックは、ジュディスの手を取って歩き出した。

「帰ろう」

「え？　でも音楽会が始まってもいないのに帰ったら、主催者の方に失礼じゃ」

「ジュディスをいじめるような奴らを招待した主催者のことなんか、気遣う必要ないよ」

(見られてしまっていたのね……恥ずかしい)

ジュディスは俯いて羞恥に染まった頬を隠し、引き留めようとする主催者をフレデリックがにこやかかつきっぱりと拒絶する声をただ黙って聞いていた。


冬の弱々しい陽光の中、馬車はエメラルド宮に向けてひた走っている。

「言っておくけど、ジュディスは何も悪くないからね？　で、僕に話したいことがあるんじゃない？　思い詰めた顔してるってことはいい話じゃなさそうだから聞きたくないけど、今聞かなくてもあとで聞くことになるんだよね？　だったら今がいいかなぁって」

その理屈付けが何だか可愛らしくて笑いそうになってしまったけれど、ジュディスはそれどころじゃないと気を引き締める。フレデリックが言った通り、先送りにしないほうがいい。ジュディスは思い切って告げた。

「殿下。わたしとの結婚を今一度お考え直しください」

フレデリックは目を瞬かせる。

「一度は観念――いや、承諾してくれたのに、今になってどうしてまた考えを改めるの？誰かに何か言われた？」

「いいえ。自分で気付いたんです。殿下がわたしを愛しているなんてありえないことに。だって、殿下がわたしと再会したのは成人のお誕生日を迎えた日で、その前の七年間は一度しかお会いしてないじゃないですか。それもほんのわずかな時間だけです。ですから、殿下の想いは幼い頃にわたしを慕ってくださった、その感情の延長でしかないと思うのです。――殿下は、わたしと結婚したい理由を愛しているからだと仰いました。ですがその愛自体が勘違いによるものなら、この婚約はなかったことにしたほうが、いえ、なかったことにすべきだと思うのです」

話し終えて、ジュディスはフレデリックの考えを探ろうと様子を窺った。だが、再会した日の夜のようにがむしゃらに否定してくるかと思ったのに、フレデリックは何の感情も映さない目でジュディスを見詰めてくるばかり。

（わかってくださったのかしら？）

だとしたら、今から言う提案も喜んでくれるかもしれない。

「ですが、わたしとの婚約を解消すれば、殿下には政略結婚のお話が舞い込むことでしょう。そうしたら、殿下は愛のためではなく国のために結婚しなくてはならなくなります。愛のために結婚したいと仰るなら、殿下が本当に愛する人と巡り会うまで、わたしが殿下の政略結婚を阻む盾になりましょう。わたしのことをお気遣いくださる必要はありません。わたしの望みは、殿下が本当に愛する方と結ばれて幸せになられることなのです」

「……ジュディスの言いたいことはわかったよ」

フレデリックはぽつんとそう漏らすと、姿勢を崩して座席にもたれ、車窓に目を向ける。

ジュディスはほっと息をついた。

(完璧だわ。これで間違った結婚は回避できるわね。胸がちょっぴり痛いけど、殿下の幸せのためなら本望だわ)

本当はちょっぴりどころではなくかなり痛い。結婚したい愛されたいというジュディスの願望が潰えたのだから。

──と思っていたら、エメラルド宮に着いて馬車から降りた途端、フレデリックはジュディスの手を引いて歩き出す。出迎えた家令にちらりと目を向けて、「今晩の予定はキャンセルしろ」と短く命じた。

「殿下!?　そんな簡単にキャンセルしてよろしいのですか!?」

王子を招くのだから、招待主は高位の貴族に違いない。だというのにこんな土壇場で出席を取りやめていいものか。慌てるジュディスとは逆に、家令は冷静に対応する。

「理由はいかがいたしましょう?」

「ジュディスの体調不良と伝えておけ。今夜だけでなく、明日の予定もキャンセルだ。それと、呼ぶまで誰も寝室に近寄らないように」

「かしこまりました」

聞くべきことを聞き終えたのだろう。家令は立ち止まって頭を下げる。その姿が後方へと流れていく。いや、ジュディスがすごい速さで前に進んでいるのだ。

スカートや靴のせいで急げば転びかねないジュディスを、フレデリックはいつの間にか小脇に抱えていた。ジュディスが転ぶ心配がなくなったのをいいことに、さらに速度を上げる。ジュディスは荷物のように振り回され、頭をぐらんぐらん揺らしていた。

（め……目が回る……）

フレデリックの唐突な行動の理由を考える余裕もないまま、ジュディスは寝室に引っ張り込まれる。上半身だけベッドに放り出されたときには平衡感覚を失っていて、両手でシーツにしがみつきながら眩暈に耐えなくてはならなくなっていた。

ジュディスを下ろしたフレデリックは、身頃（ボディス）に吊り下げられていたスカートをクリノリンごと引きはがし始める。

「殿下っ！　何をなさるんですか！」

ジュディスとの婚約を偽装とするのなら、フレデリックに服を脱がされるのを許してはいけない。ジュディスは眩暈と闘いながらも身体を起こし、フレデリックの手から逃れようとした。抵抗を始めると、フレデリックは苛立たしげに舌打ちをし、ジュディスをベッドの天蓋を支える柱の一つへと引っ張っていき、カーテンを括るための紐でその両手を柱の高いところに縛り付ける。

「おやめください殿下！」

フレデリックはジュディスをベッドの脇に立たせ、スカートとクリノリンを取り払う。

「こうでもしなきゃ、ジュディスは逃げるじゃないか！」

拘束されることに本能的な恐怖を感じていたジュディスは、幼い頃と変わらないフレデリックの反抗的な叫びを聞いて少し心を落ち着けた。

（殿下が癇癪を起こしたときこそ冷静に）

ボディスに手をかけ始めたフレデリックに、ジュディスは説得を試みた。

「殿下。わたしたちの婚約を偽装とするならば、このようなことをしてはなりません。真に愛せる方と出会ったとき、どう弁明するおつもりですか？」

ボディスを引き締める紐を解かれ、締め付けから解放されるのと共に、血が沸き立つような興奮が身体中に駆け巡った。ジュディスから乱暴に下着を剝いでいくこの大きな手が、どんなに優しくジュディスの官能を掻き立てるか知っている。フレデリックの言動に身も心も乱された先にある恍惚を忘れられない。でも、それらはジュディスのものじゃない。

「――っ！　殿下！　このようなことは愛する人と分かち合うべきものです……っ」

上半身の衣をすっかり剝ぎ取りドロワーズに手をかけたフレデリックが、ジュディスの首筋をぺろりと舐めた。

「ひぁ……！」

舐められたところからぶわりと快楽が広がって、ジュディスは思わず声を上げる。それに満足したような、愉悦の籠もった声で、フレデリックは耳元に囁いた。

「僕もこういうことは愛する人と分かち合いたいと思ってる。だからジュディスにわからせようとしてるんじゃないか」

「きゃあ！」

言葉の終わりと同時に、首筋に歯を立てられる。食いちぎられそうな恐怖が求められる歓びに塗り替えられ、身体の奥深くにある快楽の泉がこぷりと湧き出した。

(殿下にダメと言いながら、何という浅ましい反応をするのわたしは)

ジュディスは泣きたくなってくる。

ドロワーズもストッキングも取り去ると、フレデリックはジュディスをベッドの上へ戻した。柱の高い位置に両手首を括り付けられているため、立ち膝になっても腕を頭の高さまで上げていなくてはならない。

ジュディスからフレデリックの手が離れた。

「前に聞いたよね？　友達にこんなことしたいかって。また聞くけど、ジュディスに兄のように慕っている人がいたとして、その人とこういうことしたい？　したくないよね？

でも僕はこういうことをジュディスとしたいんだ」

視界に入らない身近な場所で、重めの布が落ちる音がする。フレデリックが上着を脱いだのだと悟ると、ジュディスの頬は紅潮した。

冬なのに熱い皮膚に覆われた、筋肉で引き締まった身体。その身体が覆いかぶさってくると、いつも胸が痛いほどに高鳴ってジュディスの身体も熱くなってしまうのだけれど――。

（ってダメダメダメ！　今日こそ流されちゃダメ！）

「でも、おかしいじゃないですか。七年間で一度きりしかお会いしてないのに、どうしたらわたしに恋ができるというんです？」

「――初めて出会ったその日だよ」

「え……？」

意味がわからない返答に戸惑っている隙に、フレデリックはベッドに上がり背後からジュディスを抱きしめる。外気に触れて冷えた身体に熱い肌が触れて、フレデリックもまたすべての衣服を脱ぎ去ったのだとわかった。ジュディスの身体は期待に震え、泉からじゅわりと溢れた蜜が外へと染み出してくるのを感じる。

フレデリックはジュディスの首筋にまた顔を埋め、一方の手を胸の膨らみに、もう一方の手を秘所に伸ばしてきた。

「お待ちください！　それはどういう……!?」

身を捩って避けようとしたけれど、片方のふくらはぎをフレデリックの足に押さえつけられてままならない。フレデリックはさらにもう一方の足で器用にジュディスの股を開き、やすやすと秘所を暴いた。

「こんなに濡れてるのに僕を拒むの？　素直じゃないな」

「んっ、あ……っ、そういうことは仰らないでください……！　それよりどういうことですか!?　初めて出会ったその日って、殿下はまだ五歳だったでは……ひぁっ」

ぬかるんだそこはやすやすとフレデリックの指を咥え込む。ぐちゅぐちゅと掻き回され、ジュディスは言葉を紡げなくなった。

「五歳の子供が欲望を感じるのはおかしい？　君に触れる男たちに激しい怒りを覚えて、君を僕だけのものにしたい、結婚したいって思うのはありえないことなのかな？」

（〝君に触れる男たち〟？　何のこと？）

「あぁん！」

本数が増やされ、さらに奥深くまで突き入れられた指にジュディスは嬌声を上げる。

（気持ちいい……身体が蕩けちゃう……足に力が入らない……）

腕を伸ばしてその場に頽れそうになる。フレデリックは一旦ジュディスから手を放し、腰を持って引き上げた。両膝を大きく広げられ、閉じられなくなってしまう。

「年齢なんて関係ないよ。運命の出会いっていうのはさ」

僅かな前戯でぐずぐずにぬかるんだ場所に熱い塊を宛てがわれたかと思うと、腹の奥底を突き上げられる。

「――‼」

ジュディスは仰け反って声にならない悲鳴を上げた。フレデリックは一呼吸も間を置かず、ずんずんと立て続けに奥を突いてくる。

(何これ⁉　いつもと違うところが擦れて気持ち、い――)

ジュディスはあっという間に快楽に頭を侵され、考えることを放棄した。

＊　＊　＊

翌日の午前、エメラルド宮の応接室には、椅子に優雅に座るトレバーの姿があった。

「殿下の最愛の人を傷付けた者たちは、それぞれが所属する派閥の長から叱責を受けたそうですよ。『ジュディス嬢が夜会を欠席したのはおまえたちのせいだというじゃないか！』ってね。長たちが何を言ったかまでは調べませんでしたが、叱責を受けたあと、全員が顔を真っ青にして怯えていたという報告が入っています。この次にジュディス嬢を見かけたら、全員が一目散に謝罪に向かうでしょうね。是非ともその場に居合わせたいものです。今日も社交をお休みされるそうですが、明日には復帰なさいますか？　――おや？　どうかしましたか？　そんなお顔をして何でもないなんて通用しませんよ？」

肘掛椅子に肘をついてぼんやり報告を受けていたフレデリックは、ちらりとトレバーに視線をくれたあと、目を伏せて深い溜息をついた。

「……ジュディスが、私の愛を信じてくれないんだ」

「ああ、なるほど。それは大変ですね」

フレデリックは不貞腐れた。

「――その言い方、面白がってるだろ？」

「とんでもない！　本気で心配していますよ。私たちは互いの望みを叶えるために手を組んだ仲間ではありませんか。私の望みは叶いましたが、殿下の望みが叶うまではとことん協力いたしますよ」

そう言うと、トレバーは優雅に微笑んだ。

＊　＊　＊

次の日の夕刻と言っていいくらいの時間に、ジュディスはふっと目を覚ました。

広いベッドの上にはジュディスしかいない。前髪をかき上げた際に手首の包帯が見えて、昨夜の出来事を思い出した。

二人同時に果てたあと、ジュディスが痛みを訴えて。縛られて赤く擦れた手首を見てフレデリックが慌てて。ベッドに入ってフレデリックに手首の手当てをしてもらっている最中、侍女が暖炉に火を入れに来ていて恥ずかしかったとか。フレデリックは何度も謝ってくれたけれど、一晩中愛することはやめてくれなかったとか。

フレデリックに「わかって」と何度も言われたけど、ジュディスは理解できなかった。

(五歳の男の子が女性に欲望を抱いて結婚したいと思うなんて、そんなことあるの?)

かちゃりと音がして、開いた扉からフレデリックが入ってくる。

「おはよう——って言っても、もうすぐ夜だけど。体調はどう? 夕食は食べられるかな? 心配そうな顔しないでよ。昨夜のような無茶はもうしない。約束するから」

子供の頃のような懇願に、ぎこちなさを残しつつもジュディスに笑顔が戻る。

その後、「わかって」と言ったあの話題をフレデリックが持ち出すことはなかった。


「ジュディス様、お身体はもう大丈夫なんですの?」

「はい、もうすっかり。ご心配をおかけしました」

(居たたまれないわぁ……アレのしすぎで寝込んでたなんて絶対言えない)

二日ぶりの社交界。ダンスフロアを外れた場所で体調を心配してくれる人々に囲まれて、ジュディスは表情を取り繕うのに必死だ。最初のうちは一緒にいてくれたフレデリックは、先程男性たちに誘われて別の場所に移動している。

(申し訳ないけれど、殿下と少し離れることができて、わたしほっとしてる……)

フレデリックが側にいると、彼自身にそんな素振りはなくても、ジュディスは理解を求められているような気がして心が沈む。本当に申し訳ないが、居たたまれない思いをしながら苦手な社交をこなしていたほうが、今は気が休まる。

(五歳の男の子の恋愛事情はひとまずおいておいて、今は社交に集中しなきゃ。殿下がわたしを妃にする考えを曲げそうもない以上、殿下に恥をかかせないためにも今は王子の婚約者に相応しい振る舞いを心掛けるしかないわ)

気を引き締め直したところだったのに、予想外の出来事が起こった。「せーの」という掛け声に続いて、何人かの女性が声を上げる。

「先日は大変申し訳ありませんでした！」

びっくりして振り返ると、そこにはどことなく見覚えのある令嬢たちがいた。全員が思い詰めたような顔をしてジュディスを真っ直ぐ見ている。

「あの……わたしにご用なのですか？」

先頭に立つ令嬢は、屈辱を受けたかのように顔を歪め、言いにくそうに話した。

「一昨日、わたしたちはスカートをぶつけてジュディス様を転ばせようとしました。二度とそのようなことはいたしませんので、どうかお許しください」

平民の下働きがするように頭を下げる。すると後ろに並んだ令嬢たちもそれに倣う。

「ちょ……！　ちょっと待ってください！　頭を上げて……！」

令嬢たちにさせることじゃない。ジュディスは慌ててお願いする。

「いいえ、上げられません。ジュディス様から『許す』というお言葉をいただくまでは」

「ゆっ許すっ、許します！」

気を動転させながら言葉を返せば、全員がすぐさま顔を上げて詰め寄ってくる。

「許しましたね!?　今わたしたちを許しましたね!?」

「え……ええ……」

彼女たちの必死の形相に面食らって返事をすれば、彼女たちは「あなたはわたしたちを許したんだからね！　忘れないでよ！」と言い捨ててあたふたと去っていく。

この騒動をチャンスだと思ったのか、他にも人が群がってきた。

「身の程知らずだと言って悪かった。二度と言わないから許してくれ」

「年増女なんて言ってごめんなさい！　これからは絶対言わないので許してください」

「誘惑したなんて侮辱して申し訳ありません！　今後決してそのような口を利きませんので許していただきたいのです」

誰も彼も、一昨日ジュディスに悪意を向けてきた人たちだ。それがどうしたわけか、手のひらを返したように本気で謝ってくる。

（いったい何があったの……？）

謝罪を終えてすたこら去っていく彼らを呆然としながら見送っていると、周囲からひそひそ話が聞こえてくる。

「最初に謝罪したのは、確か身の程知らずにもフレデリック殿下に見初められたいと騒いでいた方々じゃない？」

「煩型で有名な方も謝罪してらっしゃったわね」

「フレデリック殿下の妃候補に名が挙がっていたご令嬢もいらっしゃったわ」

（さっきの状況も異常だと思うけど、一昨日いろんな事情を抱えた人たちに次々絡まれたのも、考えてみれば異常よね？）

現実逃避するかのようにつらつら考えていると、近くで噴き出す声が聞こえてきた。振り返ると、見覚えのある長身の男性が口元に拳を当てて笑いをこらえている。

「ヴェレカー子爵、ご無沙汰しております」

「トレバーとお呼びくださっていいのですよ？」

「そういうわけにはまいりません」

血縁でもなければ、家同士が親しいわけでもない。気安く名を呼べば、耳にした人に嫌な邪推をされかねない。

トレバーは愉快そうに唇の端を上げた。

「真面目ですねぇ。対外的には、私はフレデリック殿下の師。ごく親しい間柄だと思うのですが？」

フレデリックの名を聞いて、ジュディスはあの悩ましい問題を思い出す。それが顔色に出てしまったのか、トレバーは矢継ぎ早に話しかけてきた。

「悩みがあるのでしょう？　そうでしょう？　私に話せば解決するかもしれませんよ？　ここでは話しづらいでしょう？　ささ、バルコニーにでも移動しましょうか？」

ぐいぐい肩を押されて、ジュディスは慌てた。

「こっ、困ります！」

「私が密会に誘っているとでも思うのですか？　心配はご無用です」

開かれた扉をくぐった先は、確かにバルコニーだった。けれどとても広く、何組もの人々が固まって休憩している。

「このお屋敷のバルコニーは有名なのですよ。ここなら誰も密会などとは疑いません」

トレバーは、ちょうどぽっかり人のいない手すりの際へジュディスを案内する。

「それで、何をお悩みなのですか？　フレデリック殿下にも内緒にしますよ」

（この方にならお話ししても大丈夫かも）

そう思わせる何かがトレバーにはある。ジュディスはそれでもしばし迷って、それから

「本当に内緒にしてくださいね？」と念押ししてから小声で話し始めた。

「殿下が五歳のときからわたしのことを、その、愛してくださっていたと仰って……それで困っているのです」

「何故困ることがあるのです？　これから結婚する相手から愛されているなんて、愛のない結婚もざらにある貴族社会において、素晴らしいことではありませんか」

不思議そうに返されて、ジュディスは困惑した。

「でも、あの、五歳ですよ？　五歳でその、結婚したい相手を見付けるなんて、わたしにはどうしても信じがたくて……」

フレデリックの秘密を暴露しているような後ろめたさを感じ、ジュディスは俯く。そんなジュディスの耳に、思いがけない言葉が聞こえてきた。

「『年齢なんて関係ない。運命の相手に巡り会うっていうのはさ』」

ジュディスは弾かれたように顔を上げた。

(どうしてその言葉を知っているの!?)

ベッドの上でジュディスがフレデリックに言われた言葉を、何故トレバーが？

トレバーは自嘲気味に笑ってから夜空を見上げ、ジュディスが口にできない疑問に答えをくれた。

「昔、絶望していた私に殿下がくださった言葉なんですよ」

「え……？」

思いがけない話に、ジュディスはどう返したらいいかわからない。何も言えずにいると、トレバーは昔話を始めた。

「私が妻と出会ったのは、妻が六歳、私が三十歳の時でした。──ここでドン引きしないでくださいよ。話が進まないじゃないですか」

「あ。ごめんなさい」

仰け反らせてしまった身体を立て直し、ジュディスは話を聞く姿勢を取る。

「まあ、ドン引きする気持ちもわかりますけどね。私もショックでした。それまで誰一人として愛したことがなかったのに、幼女を見て一目で恋に落ちてしまったんですから。自分は変態だったのかと軽く絶望できるほどの衝撃でした」

(ごめんなさい……わたしも変態としか思えないです)

さすがにそれは口にできず、ジュディスは距離を取りたい気持ちをこらえて、心の中で呟く。そんなジュディスに気付いているのかいないのか、トレバーは感慨深そうに話を続けた。

「ですが、当時五歳だったフレデリック殿下は否定してくださいました。『おまえは変態ではない。少々悪い巡り合わせで運命の相手と出会ってしまっただけだ』と。──殿下も打ち明けてくださいました。年上の女性を愛してしまったと。何としても彼女と結婚したいのだと。私も正直に言いましょう。五歳の少年に愛がわかるはずがないと、そのときは思っていました。取引を持ち掛けられてそれを受けたのは、愛する人と結ばれない絶望からくる人生なんて、どうにでもなれという投げやりな気持ちからでした」

「取引？　取引って何ですか？」

聞き捨てならない言葉について尋ねれば、トレバーは「殿下からまだ聞いてらっしゃいませんか？」と逆に尋ねられる。「はい」と正直に答えると、「あなたにはもう、教えて差し上げてもいい頃合いです」と言って、彼はフレデリックとのこれまでのことを語ってくれた。

「私の恋の成就を手伝っていただく代わりに、殿下の恋の成就を私が手伝うという取引です。そのために、私に外交補佐の任務を真面目に取り組むことを求められました。それがどう取引に関係してくるのかと質問したら、殿下は国王陛下が当時頭を悩ませていた外交問題を引き受けることが、殿下とジュディス嬢の結婚の条件だからと教えてくださいました」

ジュディスは驚きに目を見開いた。

「それって――」

「殿下が完遂したと言われている『過去に各国と締結され、今や形骸化した友好条約の締結し直し』は、殿下が政略結婚を拒みあなたと結婚するために、国王陛下と取り交わした約束です。そして、この方であればその約束を成し遂げられるだろうと予感したとき、私は殿下の本気とあなたへの愛を信じられるようになったのです」

敏腕外交官として国内外に名を馳せていたフレデリックの栄光を、さらに押し上げた友好条約の再締結。

(それが成し遂げられたのは、殿下がわたしと結婚したかったからだなんて)

「聞いたことはありませんか？　ガスコイン侯爵のぼんくら息子がいきなり頭角を現したと。それは十三年前のことで、そう言われ始めたときにはすでに、殿下はあなたと結ばれるための努力を始めていたのです」

「そんなに前から……」

ジュディスは呆然として呟いた。今の話が信じられなかったわけじゃない。でも、この話をどう受け止めたらいいのかわからない。

「そう難しく考えることはないですよ。『わたしと結婚したくて十三年も頑張ってくれていたの？　すっごーい』程度に思えば」

トレバーは雰囲気を一転させ、あっけらかんと言う。

(え？　そんな軽いノリでいいの？)

ジュディスはぽかんとしてトレバーに目を向ける。トレバーはその視線と向き合って、大人の男性にはそぐわない無邪気な笑みを浮かべた。

「ジュディス嬢、四十三歳の夫と十九歳の妻というのをどう思いますか？」

唐突な質問にジュディスは戸惑った。

「年がすごく離れてるなとは思いますが、他には何も……」

特殊な例だとは思うけど、ないことはないと思う。アントニアの二度目の結婚では、もっと歳の差があったはず。

たどたどしく返事をしたジュディスに、トレバーはにんまりと笑った。

「今の私と妻の年齢ですよ」

意表を突かれ、ジュディスは目をぱちくりさせる。トレバーは夜会会場のほうにちらりと顔を向けて、悪戯が成功したときのような顔をする。

「私たちの今の年齢であれば、誰も私のことを変態だとは思いませんよね？　――殿下は成人したばかりで、ジュディス嬢からすればまだまだ子供に見えるかもしれませんが、あれでも大人顔負けの交渉術を持つ敏腕外交官だったのです。あなたが子供っぽく思うところも、数年もすれば落ち着いてくることでしょう。年齢を重ねていくうちに、十や二十の歳の差なんて気にならなくなります。とはいえ、未来の殿下を想像してくださいとは申しません。ですがせめて、今の殿下を見ていただけないでしょうか？　昔の愛らしい少年だった殿下のことを忘れ、一人の大人の男性になった殿下と向き合っていただきたい。十三年間頑張ってきた殿下のために、そのくらいのことはして差し上げてもいいんじゃないかと私は思うのですが、いかがでしょう?」

＊　＊　＊

「あの根性なし共がっ」

自宅アパートメントに帰宅し、応接室で来客と二人きりになったところでアントニアは毒づいた。

(寄ってたかっていじめられているところをこっそり見て気分よかったのに、たった二日で手のひらを返すなんてがっかりよ)

ジュディスのことが、出会う前から気に食わなかった。

底辺伯爵家の娘でありながら第三王子の遊び相手に抜擢され、彼女を守るために王宮から近衛騎士たちが派遣された。当時パレッド家が所有していたタウンハウスは近衛騎士たちが駐在するには手狭だったため、ビンガム伯爵家は王宮により近い屋敷を国王より与えられた。毎日のように王宮に呼び出されるジュディスはお姫様のように扱われ、国中の貴族女性たちの羨望と嫉妬の的だった。

(あの日、わたしも挨拶ができていたら……!)

そう悔しがるアントニアは、ジュディスが第三王子の遊び相手に選ばれた会に出席しながらも、挨拶の順番も回ってくることなく、当然選ばれることもなかった一人である。

逆恨みと言われたらそれまでだが、ジュディスが遊び相手を罷免され縁談が次々白紙に戻っていると聞いたときには胸がすく思いだった。

そんなとき、懇意にしている商人から、ジュディスを利用することを勧められた。

――縁談が次々白紙になる不幸な女性を救えるのは自分だけだと思い込む勘違い野郎や、興味を抱いてちょいと味見してみたいという好事家が、彼女の近辺で機会を狙っているのですよ。ですが彼女に近付くと破滅するという噂があり、それを恐れて現在様子見をしているようです。ジュディス嬢の友人になれば、彼らは情報を求めてあなたに接近することでしょう。あなたなら、彼らの目をご自分に向けるのもお手の物では？

アントニアと手を組んで男たちから金品を巻き上げている商人は、美貌と不幸な生い立ちで彼らを誘惑して貢がせたらどうかと暗に言ってくる。

(勘違い野郎は自尊心をくすぐってやればいいし、好事家は好奇心を刺激してやればいい。確かに格好の獲物よね)

それまでアントニアのしてきたことが社交界に広まりつつあり、獲物に困っているところだった。何より、ジュディスから男を奪ってやるというのがいい。二つ返事で承諾した。

社交界で孤立したジュディスの親友の座を手に入れるのは、笑ってしまうほど簡単だった。しかし、そのあとがなかなか思うようにいかない。

ジュディスの情報を求めて近付く男すべてを虜にしてやるつもりだったのに、半分くらいしか引っかけることができない。そいつら以外の男は、アントニアに目もくれなかった。会えばジュディスの話ばかり。そんな奴らは最初から眼中になかったと自分に言い聞かせ、ジュディスのことを話すのもやめた。すると奴らはそれきり連絡してこなくなった。

（まるでわたしに見切りをつけたようなあいつらの態度、許せない……！）

中でもアントニアが一番怒りを覚えたのが、彼らの中でも一番親しみを覚えた男だった。

――ジュディス嬢の縁談がまとまらないのには、第三王子殿下が関係しているらしい。

諦めの悪い男は皆破滅する。そんなの私はごめんだから、退散することにするよ。

そう言って、アントニアの前から姿を消した。クールな容姿に甘い誘い文句。アントニアはその男に本気になりかけたからこそ、プライドを深く傷付けられた。

（どいつもこいつもわたしのことを馬鹿にして……！　あんたたちがその気なら、わたしも遠慮なく食い散らかしてやるんだから）

自分の不幸な生い立ちを武器に、ジュディスに近寄ろうとする男たちから、アントニアは手当たり次第に金を搾り取っていった。

ジュディスと〝親友〟になって四年目。嫁き遅れになったジュディスはかつての友人たちから辛辣な言葉を浴びせられ、社交界に顔を出すことをやめた。いい気味だ。自分がどれだけ恵まれていたか理解し、人生いいことばかりじゃないと思い知るがいい。

ところが、修道院に入ると決意するほど絶望していたはずのあの女が、今年に入ってすぐ第三王子の婚約者になった。

(どういうこと!?　あの女に腹を立てて、それで縁談を邪魔してたんじゃないの!?)

そのように解釈していたのは、ジュディスが社交界デビュー直前に、第三王子の遊び相手を罷免されたと聞いていたからだった。それなのに。

アントニアをその気にさせかけて裏切った男は、本当のことを知っていたのだろう。第三王子に勝てないと判断して退却したに違いない。アントニアには見向きもせずに。

(何であの女ばっかり愛されるの!?)

腹が立って腹が立って腹が立って。

嫌がらせをしなくては気が済まなくて、あの日、ジュディスに反感を持つ貴族たちが集まる場所へ彼女をおびき寄せ、適当なところで話を切り上げてその場に置き去りにした。

その後物陰からこっそり様子を窺っていたのだが、ジュディスは数々の侮辱や嫌がらせを受けてもへこたれることなく、しかもあとからやってきた第三王子に助けられて立ち去ってしまった。

その上、ジュディスをいじめていた奴らは、二日後には手のひらを返したように謝罪したという。どんな脅しをかけられたかわからないが、彼らは心底怯えていた。そんなことが可能で、かつそれを実行する人物など一人しか思い当たらない。

「第三王子の差し金でしょうけど、あんな取り柄のない女のためにあそこまでする!?　ほんの少し話をするチャンスがあれば、あの女から第三王子を奪ってやれるのに！」

それもこれも、アントニアのことを親友と呼びながら、第三王子に紹介する素振りもないあの女のせいだ。

怒り狂うアントニアに、商人は呆然としながら問いかけた。

「アントニア様は第三王子の妃になることをお望みですか？」

「——そうね。あの女が婚約した途端獲物は散ってしまったし、惚れたはれたじゃどうにもならない王子妃の地位は興味ないけど、あの女から王子の寵愛を奪うのは面白そう」

悪巧みするような顔で答えたアントニアから目を逸らし、商人は胸を押さえて言った。

「あなたに恋い焦がれる私を目の前にしてそのようなことを仰るのですか……！　ああ、胸が痛い……」

「恍惚とした顔でそんなこと言われても、良心はちくりとも痛まないんだけど」

この商人、アントニアに狩場——ジュディスのことを教えておきながら、アントニアが獲物を捕まえるたびに傷心する変態である。本気なのか演技なのか知らないが、そんなことどうでもいい。

「それよりも第三王子よ！　あんな女に引っかかった成人したてのお坊ちゃんくらい、私の手管にかかればいちころよ！」

「すごい自信ですね」

「狙った男はみんな骨抜きならぬ金抜きにしてきたわたしにそれを言う？」

「何ですか、その〝金抜き〟っていうのは。まあ、何が言いたいのかはわかりますが」

商人のツッコミを無視して、アントニアは拳を振り上げた。

「そうと決まれば、あの女と会う約束を取り付けなきゃ。こっちから連絡が取れないのを忘れてるんじゃない!?　高位貴族の催しばかりに参加して腹が立つったら」

「それについてはお任せを。前回同様、あの女が出席する催しに招かれている男性に、あなたをパートナーにするようお願いします。入場後はあなたの邪魔にならないよう、離れてほしいとも。潜入さえできれば、アントニア様なら上手くやれるでしょう」

「あなたには本当に助けられているわ。これからもわたしの力になってちょうだい」

アントニアがにやりと笑うと、商人もにやりと返す。

「もちろんでございます。私は儲けさせてくださる方のご用命は何でも承ります」

「頼りにしているわ。ふふふ」

アントニアが笑うと、商人も同じように笑う。

しばらくの間、応接室に二人の笑い声が響き渡った。

四章

――一人の大人の男性になった殿下と向き合っていただきたい。

トレバーの言った言葉が、数日経った今も忘れられない。

(言われて気付いた。わたし、ちゃんと殿下と向き合っていない)

フレデリックはジュディスが好きだから結婚したいと言ってくれたのに、ジュディスときたら身分差だとか、歳の差だとか、嫁き遅れだとか並べたてて、まともに返事をしたことが一度もなかった。

(わたしは殿下のことを子供だと思うばかりで、成長した殿下をわたしがどう思うかなんて考えてこなかった)

雪が降り積もり寒さも一層厳しい二月も半ば。この日は主催者が自身の屋敷を開放して、様々な遊戯を楽しめる夜会を催していた。大広間では人気の楽団による演奏でダンスができ、応接室や客室ではカードなどのゲームが、遊戯室ではビリヤードが楽しめる。

ジュディスは大広間のダンスフロアから離れた場所で、歓談しているフレデリックの隣にいた。外国の情勢に詳しいフレデリックの話を聞きたい人たちに囲まれて、その場から移動することもできない。話は専ら男性同士でしてくれるので、ジュディスは微笑んで話を聞いていればいい。話を振られることもないだろうから、聞いているふりだけでよかった。そのせいで、ジュディスはつい別なことを考えてしまう。

（大人の男性になった殿下と向き合う、か……）

ジュディスはちらりと隣に目を向ける。長身のフレデリックは、大人たちに負けず背が高い。顔立ちはとても若いけれど、大人たちの質問に淀みなく答える姿は、王族としても大人としても申し分ない。周りの大人の男性たちは称賛の目をしてフレデリックの話に聞き入っていて、その中で臆さず堂々と語るフレデリックに自然と視線が吸い寄せられる。

（再会したときも思ったけれど、殿下は本当に立派に成長なさったわ。それに、公の場では〝僕〟じゃなくて〝私〟なのよね。話し方も何だか大人っぽい――って、もう成人なさったんだけど）

「ジュディス、どうかした？」

我に返ったジュディスは、フレデリックだけでなく周囲の人たちからも注目されていることに気付き顔を火照らせる。

「いっいいえ、何でもありません」

（嫌だ。殿下から目が離せなくなってたのに気付かれてしまったかしら？）

目を逸らし頬に手を当てると、ジュディスの腰に大きな手が回されてどきんとする。

「そう？　疲れたなら休憩してもいいんだよ？」

（そうよね。殿下以外の誰がわたしの腰に手を置くというのよ）

難しいと思いつつも、フレデリックを大人として見ると決めてからのジュディスは、自分の反応に戸惑っていた。フレデリックのちょっとした言動に振り回されている。さりげなく腰に回される手の男らしさを今まで以上に意識してどぎまぎしたり、気遣いの言葉に大人の余裕を感じて逆に落ち着かない気分になったり。

何より、気付けばフレデリックの姿を目で追ってしまっている。そんなジュディスを生暖かい目で見る人たちもいて、居たたまれないのだ。

夫の隣で話を聞いていた女性の一人が、ここぞとばかりに提案してきた。

「そうだわ。難しいお話は男性の方々にお任せして、休憩がてら女性だけで集まりませんこと？」

（うっ、申し訳ないけど、わたしには休憩にならないかな……）

ジュディスは社交界でのおしゃべりが苦手だ。今まで人付き合いがほとんどなかったから流行に疎く、過去の経験もあって噂話は好きじゃない。知らないことを素直に聞く謙虚さを褒められたことはあったけれど、話の腰を折られたと不快そうに眉をひそめられたことも多い。だから女性だけで集まろうと言われると、緊張して身体が強張る。

フレデリックがジュディスの腰を引き寄せ、甘い笑みを向けてきた。

「ジュディス、君は行かないでくれると嬉しいな。ようやく私が帰国して一緒にいられるようになったのに、最近女性たちに君を取られて淋しいんだ」

「まあ。仲がおよろしいのね」

「あらあら、熱々なご様子。見ているこちらが照れてしまいますわ」

周りの女性たちにからかわれて、ジュディスは真っ赤になる。

(殿下の甘えん坊発言も、聞く人が聞けば恋人の甘い囁きになるのね)

というか、ジュディスの捉え方が間違っていたのではないだろうか。同じ甘えた言葉でも、恋した相手に言えば誘い文句になる。これまで言われてきた数々の言葉を思い出して、ジュディスはさらに赤くなった。

(わたし、これまで散々殿下に誘惑されてきたの……!?)

今更だけれど、自覚すると恥ずかしくてたまらなくなる。

火照った顔を隠したくて俯きかけたそのとき、人垣の向こうにぴょこんと人の顔が飛び出したのが見えた。

(アントニア!?　今跳んだの？　そうでもしなきゃこちらが見えないのはわかるけど)

飛び跳ねるなんておよそ淑女に相応しくない。最初はあっけに取られたけれど、二度目のジャンプを見たときに、これは天の助けならぬアントニアの助けではないかと思ってしまった。とにかく今は、フレデリックの甘々や夫人たちの生暖かい視線から逃げ出したい。

ジュディスは、フレデリックの手を腰から外して距離を置いた。

「ジュディス？」

「あのっ、近くに親友がいるみたいなんです。ちょっと挨拶してまいりますね」

言うが早いか、ジュディスは前にいる人たちに「申し訳ありません。通してくださいませ」と言いながら突進する。驚いた人たちが道を空けたため、ジュディスは早足で通り抜けた。動きにくいドレスで転ばず素早く移動できるのは、やはり奉仕活動で鍛えられたおかげである。

とはいえ集中しなければならず、背後で「ジュディス様の親友って……」とひそひそ話が起こったことに気付くことはなかった。

「アントニア！」

「ジュディス、久しぶり！　って、ちょっと!?」

「お願い。何も言わずについてきて」

ジュディスは小声で言うと、アントニアの腕を摑んでずんずん歩く。大広間を出て正面玄関とは反対側の廊下に向かう。絵画や彫刻が飾られた廊下の壁には休憩用の長椅子がたくさん並べられていて、空いている一つにアントニアと並んで座った。

「はぁ……」

「どうしたの？　溜息なんかついちゃって」

問いかけられてジュディスはどきっとする。

（言えない……殿下を意識しすぎて、居たたまれなくて逃げてきたなんて……）

「ううん、何でも。ただアントニアに会えてほっとしただけよ」

「そういえば、ジュディスは社交が苦手だものね。よかったらわたしが手伝ってあげましょうか？　わたしが代わりにおしゃべりするから、ジュディスは隣でにこにこしているだけでいいのよ。フレデリック殿下と一緒のときはそうしてるって聞いたわ」

（そんな噂が立っているの？　殿下が最初にそう言ってくれたからって、わたし、甘えすぎてたわね）

ジュディスは反省を胸に、アントニアへ微笑みを向けた。

「すごくありがたい提案なんだけど、ごめんなさい。自分で頑張らないと、いつまで経っても苦手意識が消えないだろうから」

アントニアは一瞬キツい表情をしたかと思うと、次の瞬間にはその表情を跡形もなく消してジュディスに微笑み返した。

「そうよね。こちらこそごめんなさい。余計なお世話だったわ」

（何だか口調がとげとげしく聞こえたのは何故？　アントニアの率直な物言いはいつものことじゃない）

気のせいと自分に言い聞かせて、ジュディスはふるふると首を横に振った。

「余計なお世話だなんてそんなこと思ってないわ。いつも気にかけてくれてありがとう」

「親友だもの。それくらい当然よ。あ！　そうだわ。ジュディスったら酷いじゃない。わたし、ずっと連絡を待ってたんだから」

「え？」

困惑するジュディスに、アントニアは膨れてみせる。

「忘れちゃったの？　わたしをエメラルド宮に招待してくれるって言ったじゃない」

「あ！」

(しまった！　すっかり忘れちゃってたわ)

「ごめんなさい。あの日、アントニアが行ってしまったあとにいろいろあって……」

アントニアは呆れたような溜息をついた。

「それですっかり忘れちゃったのね。――いいわ、許してあげる。今からフレデリック殿下に、わたしを紹介してくれたらね」

「え？？」

「わたし、殿下にご挨拶をしたことがないのよ。面識がない者をご自分の宮殿に招待するのは、さすがに殿下も抵抗があるんじゃないかしら？　だから、わたしを知ってもらってからご招待に与ったほうがいいと思うの」

「それはそうかも……？」

（これまでなんだかんだありすぎて、親友のことを話せてなかったから）

ジュディスは考え込みながら曖昧な返事をする。その途端、アントニアはすっくと立ち上がり、ジュディスの手を引っ張った。

「そうと決まったら早速戻りましょ。ほら、早く！」

「ちょっ！　ちょっと待って！」

思いのほかアントニアの足が速くて、ジュディスはつんのめってしまいそうになる。奉仕で鍛えた足腰で何とかこらえたけれど、そんなジュディスをついていくのがやっとの状態にしてしまえるアントニアの脚力も大したものだ。

（そんなにわたしのところへ遊びに来るのを楽しみにしていたのかしら？　忘れちゃって悪いことをしたわ）

小走りになるアントニアに、ジュディスは懸命についていく。淑女としてあるまじき行動を見た人々が唖然としていたけれど、それに気付く余裕もない。

大広間に戻ると、さっきと同じ場所にフレデリックがいるのが見えた。人垣はなくなり、数人の男性と談笑を続けている。

アントニアはジュディスの横に並び、こそっと耳打ちした。

「ジュディス。身分が下のわたしからは話しかけられないから、ちゃんとわたしを殿下に紹介してよ。お願いね。――あ！　ほら。こっちに気付いた」

「ジュディス！」

フレデリックは嬉しそうに微笑んで、周りに断りを入れてからこちらへ近付いてくる。

紹介してほしいと言った割にフレデリックを目の前にして怖気づいたのか、アントニアはジュディスの後ろに隠れようとする。

(怖いもの知らずだと思っていたんだけど、こういった可愛らしいところもあるのね)

アントニアに微笑ましい視線を送ったあと、ジュディスは目の前まで来たフレデリックに話しかけた。

「殿下。わたしの親友を紹介させてください。彼女は」

言いながらアントニアの前から退こうとしたそのとき、フレデリックに腕を取られる。

「すまない。紹介はまた今度にしてくれ。急ぎの用ができてね」

フレデリックはジュディスを引きずるようにして、出口へと向かう。

「ええ!?　ちょっと待ってください！」

転ばないよう懸命についていきながら、ジュディスは後方に目を向けた。

アントニアがあっけに取られてこちらを見ている。今は驚いているだけかもしれないけれど、こんな風に紹介を打ち切られたアントニアがこのあと傷付くことを想像するとむかむかと腹が立ってくる。

（挨拶のために少し足を止めることもできないくらい急いでたなら、談笑なんてしてないで探しに来てくだされればよかったのに）

正面玄関にすでに横付けされていた馬車に乗り込んだところで、ジュディスは尋ねた。

「殿下。急ぎの用とは何ですか？」

フレデリックはジュディスの質問を無視して、御者に出発するよう命じる。馬車が速度に乗ったところでもう一度尋ねようとした。けれどできなかった。車窓を見るフレデリックの目があまりに真剣で。

（何かよくないことでも起こって、それで急いで……？）

ジュディスはにわかに緊張し、両手を膝の上で握り合わせる。フレデリックはそんなジュディスにちらりと視線を送ると、また車窓に目を向け拗ねたように唇を尖らせた。

「だって、ジュディスは彼女とすごく仲がいいじゃないか」

「は？」

ぽかんとするジュディスに、フレデリックは怒ったように言った。

「君に僕より親しい人間がいると思うと許せないんだ」

その返答を聞くと、ジュディスのこめかみがひくっと引きつった。

「それでわたしの親友の挨拶を拒絶したのですか？」

自分でも驚くほどの低い声が出たけれど構わない。フレデリックも驚いたようで、

「え?」と呟きまたこちらに目を向けた。ジュディスは背筋を伸ばしてにっこり笑う。

「殿下。こちらを向いて、わたしの話を聞いてください」

フレデリックはぎょっとすると、大人しくジュディスと向き合い姿勢を正す。本気で怒ったときのジュディスを覚えていてくれて何よりだ。

「フレデリック殿下。公衆の面前であれはないです。たかがやきもちでアントニアにあんな恥をかかせるなんて酷すぎます」

フレデリックは、やはり子供のように拗ねた顔で反論する。

「たかがじゃないよ。ジュディスは彼女に挨拶してくるって言って、僕に断りもせず僕の手を振り払って行っちゃったじゃないか」

(うっ、そういえば恥ずかしくってアントニアを口実に、わたし逃げちゃったわね)

「も……申し訳ありません。——ですが、それはわたしが悪いのであって、アントニアには何の非もないじゃありませんか。なのにあの仕打ちはあんまりです。どうか、アントニアに恥を雪ぐ機会をください」

「——わかったよ。次に社交界で会ったときにでも」

フレデリックは不貞腐れながらも承諾してくれる。ほっとしたジュディスは、ついつい笑ってしまった。

「アントニアは女性なのですから、殿下がやきもちを焼く必要などございませんのに」

「……たとえ女性でも、君に僕より好きな人がいるのが許せないんだ」

そう答えるフレデリックに、ジュディスの胸はどきんと跳ねる。

（嫌だ。わたし変だわ。子供っぽい殿下にどうしてどきどきするの？）

むくれているのか、フレデリックは黙って真っ暗な窓の外に目を向けている。そんな沈黙の中、ジュディスは胸の高鳴りと困惑という相容れない気分を持て余していた。

＊　＊　＊

「大誤算もいいところだよ……」

珍しく王太子ダリウスのもとに訪れたフレデリックが、これまた珍しくぼやいてソファに沈み込んだ。フレデリックのことだ。愚痴を言いに来ただけのはずがない。

話を聞き終えたところで、ダリウスは戦々恐々と——いや、慎重に話しかける。

「何だか大変そうだね」

「それでお願いがあって来たんだ」

笑顔になったフレデリックは、母王妃に似てとても美しいとダリウスは思う。だが、こんな表情をするときこそ、ろくでもないことを考えていることもわかっている。

ぎくっと身体を強張らせると、フレデリックはひらひらと手を振って無邪気に言った。

「嫌だな。大したお願いじゃないよ。ほら、前に兄上が言っていたじゃないか。義姉上がジュディスをお茶会に招きたがってるって。そろそろ許可してもいいかなって思って」

ダリウスはフレデリックに逆らうつもりはない。だが、最愛の妻に関わってくるとなれば、聞かずにはいられない。

「フレデリック。そなた、何を企んでいる？」

「企むだなんて酷いなぁ。僕はただ、王太子妃殿下のプライベートなお茶会に、ジュディスを一度まぜてほしいって言ってるだけだよ。で、そのときにちょっとだけお願いしたいことがあるんだ」

気軽な口調でそう言うと、フレデリックは油断ならない笑みを浮かべた。

＊　＊　＊

ジュディスがフレデリックにお願いしたことは、三月に入り寒さが和らいできた今も果たされずにいた。社交界でアントニアを見かけないからだ。そういえば、ジュディスが社交界に復帰したあと、アントニアと会ったのはたった二回。機会を待っているだけでは会えないかもしれない。五日ほど前にそれに気付いて、フレデリックにアントニアをエメラルド宮に招待したいと頼んだら、「王太子妃のお茶会が終わってからにしたら？」と言われてしまった。

――妃殿下が特に親しくしている女性だけが招かれる、名誉あるお茶会だよ。出席することは社交を頑張ってるジュディスのためになるんじゃないかって思うけど、気が進まないなら欠席してもいいんだからね？　ただ、もし出席するなら、それが終わらないことには落ち着かないよね？

　フレデリックの言う通りだ。ティングハスト王国の女性で二番目に地位が高い王太子妃のお茶会と聞かされたからには、終わるまで気が気でないだろう。アントニアを招くなら、落ち着いてからのほうがいい。

　そうして迎えたお茶会当日。ジュディスは兄嫁のディアナが乗ってきた馬車に同乗させてもらっていた。車窓から外の景色を見るとまだ路肩などに雪が残り、日陰は凍えるように寒いが、日差しはぽかぽかと暖かい。

　ジュディスの兄と結婚し王太子妃の侍女の務めを辞したディアナは、今も王太子妃の公務に随行するなどして重用されている。そんな彼女は王太子妃のお茶会の常連だった。

「小国から嫁いでこられた方だから、ティングハスト王国の礼儀作法が息苦しいのね。だから息抜きのためにごく親しい方だけを集めて非公式のお茶会を開いてらっしゃるの。皆身分を気にせずおしゃべりするから、困ったことがあったら遠慮なく教えてね」

「ありがとうございます」

ディアナの微笑みに、ジュディスは同じように微笑み返す。

正直、ジュディスはディアナのことが苦手だった。

社交シーズンには必ず王都に来てねと何度も言われたけれど、社交場で一緒にいたことはない。同じ催しに出席しても、偶然行き会ったときにちょっとだけ挨拶してすぐどこかへ行ってしまった。

(嫁き遅れのわたしが義理の妹だと思われたくなかったのかしら。そういえば、お父様もお母様も、お兄様とディアナ様の結婚準備が始まってから、そのためのお付き合いで大忙しになって……)

そうなるとアントニアが出席している催しでなければ、たくさんの人の中で一人ぽつんと佇むことに。そんな中、以前仲良くしてくれていた人たちから辛辣な言葉を浴びせられ、社交界に出る苦痛に耐え切れなくなった。

家族の誰か一人でも一緒にいてくれたら頑張れたかもしれないけれど、そう考えるのは間違っている。嫁き遅れになったジュディスを責めることのない家族に感謝すべきだ。

(ディアナ様を苦手だと思うなんて失礼よ。今日は初めて出席するわたしのために心を砕いてくれているんだから、ディアナ様に迷惑をかけないようしっかりしなきゃ)

ディアナの話からすると、この非公式のお茶会はいつも同じメンバーが招待を受けているようだ。初めて出席するジュディスが受け入れてもらえるのか。馴染むとまではいかなくても場の空気を乱さずに過ごすことができるだろうか。不安は尽きない。

しかし、お茶会の会場になった王太子妃の居室に通されると、不安ばかりではいられなくなった。侍女は一人もおらず、出席者たちの手でテーブルが調えられる。お茶を淹れるのもお菓子を手元に取り分けるのも自分たち。初めて出席するジュディスはお客様扱いで、全員が座れる丸テーブルで王太子妃の左隣に席をもらったばかりか、最初のお菓子を取り分けてもらって内心冷汗をかく。

けれど皆親切で気さくに話しかけてくれるので、不安も緊張もほぐれていった。話題は他の貴族の女性たちと変わらない。まずは供されたお茶やお菓子を褒め、それから流行や噂の話をする。ジュディスが知らない話は面倒臭がらずに説明してくれる。お茶会の終わり頃には、この場にいる全員に親しみを抱くようになっていた。

「ジュディス様。次回のお茶会にも出席していただきたいのだけれど、どうかしら？」

王太子妃の言葉に、他の出席者たちから賛同の声が聞こえてくる。七年もの間アントニアしか親しい人がいなかったジュディスは、このお誘いに感激した。

ありがとうございます、と答えようとしたそのときだった。王太子妃が表情を陰らせて再び口を開いた。

「これからわたくしたちの仲間になるジュディス様に、忠告したいことがあるの」

ジュディスは開きかけた口を閉ざした。王太子妃はディアナと目配せし合い、気遣わしげな表情をしたディアナがジュディスに言う。

「ジュディス様が親友と呼んでらっしゃる方。あの方とのお付き合いはやめたほうがいいと思うの」

他の三人の出席者も、王太子妃やディアナと同じような目をしてジュディスを見詰めてくる。それでわかった。

(ここにいる皆様は、アントニアのことを知っていて、例の噂を信じてるんだわ)

そのことがショックで、ジュディスの微笑みは作り物に変わる。それに気付かなかったのか、一人の出席者が親切顔をして告げた。

「今年になるまで社交界から遠ざかっていたジュディス様は知らないかもしれないけれど、あなたが親友と呼ぶその女性にはよくない噂が付きまとっているの」

この言葉を皮切りに、アントニアの悪口が次々と飛び出す。王太子妃とディアナは口を開かなかったが、彼女たちの目が三人に同意していることを物語っていた。その様子を、ジュディスは悲しい思いで眺めていた。

(わたしにアントニアの悪口を吹き込みたくて呼んでくださったみたい。――アントニア。人は物事を見たいようにしか見ないっていうあなたの考えは間違ってなかったわ)

知っていたおかげで、親友の悪口を聞いても狼狽えることなく落ち着いていられる。

彼女たちの話が終わると、ジュディスはがっかりした気持ちを隠しながら話した。

「皆様の仰った噂でしたら知っています。でも誤解なんです。近付いてきた男性が勝手に熱を上げ、断っても断っても贈り物を押し付けてきたとアントニアから聞いています。迷惑をかけられたのに『あなたが悪い』と言われたら、皆様はどう思われますでしょうか？」

忠告に異を唱えるなんて不作法なことをしたのは許してもらいたい。このための呼び出しだと先に教えてくれていればジュディスは出席を辞退させてもらい、お互い嫌な思いをしなくて済んだのだから。

かちんときたのだろう。三人がジュディスを睨んで口を開きかける。そんな三人を、手を上げて止めたのはディアナだった。

「ジュディス様。あなたの言い分はわかったわ。でもそれはご親友だけから聞いた話でしょう？」

これを聞いて、ジュディスは失望した。

(困ったことがあったら遠慮なく教えてねって仰ったけれど、やっぱりディアナ様はわたしの側に立つ方じゃないのね)

ジュディスは涙をこらえて言った。

「アントニアは、わたしが誰からも相手にされず一人ぼっちで辛い思いをしていたとき、ただ一人話しかけてくれたんです。それから七年間、わたしの悪い噂を気にせずに、わたしが社交界から遠ざかっても付き合いを続けてくれました」

一人じゃないと思えたことにどれほど勇気づけられたか。きっと経験したことがある人にしかわからない。

ジュディスの固い意志を感じてか、ディアナだけでなく、他の夫人たちからも息を呑む音が聞こえた。その中の一人の夫人が我に返ったように瞬きしたかと思うと、厳しい表情をしてジュディスに話しかけてくる。

「噂の真偽はともかく、そういう噂が立つ人物は王子妃となるあなたの友人に相応しくありません。意地を張って彼女の味方をし続けると、あなたを妃にと望んだフレデリック殿下の評判に、いずれ傷を付けることになりますよ。それでも彼女を庇い続けるのですか？」

その言葉にジュディスは怯んだ。

(アントニアと殿下のどちらかを選べというの？)

アントニアを即座に選ぶことはできなかった。フレデリックの存在が、思っていた以上にジュディスの心の中で大きくなっていて。でも、だからといってここでフレデリックを選んだら、アントニアを見捨てることになってしまう。

(七年間支えてきてくれた大事な親友を、わたしは見捨てられるの？)

その自問が心を決める。ジュディスはその夫人を真っ直ぐ見詰めて、はっきりと答えた。

「……誰が何と仰ろうと、わたしだけはアントニアを信じます」

(殿下、ごめんなさい。あなたに顔向けできないことをしてしまった)

王子妃になるジュディスのためになるだろうからと話を持ってきてくれたのに、あろうことかジュディス自身がその機会をダメにしてしまった。

打ちひしがれながらこの場を辞去しようと思い、ジュディスは席を立とうとする。それを王太子妃が慌てて止めた。

「ジュディス様、あなたの親友のことで差出口をしてしまって悪かったわ。さあ、この話はおしまいにして、残りのお茶会の時間を楽しみましょう」

この言葉を合図に、再びおしゃべりの花が咲く。王太子妃とディアナがやけに気を遣ってジュディスを話の輪に引き込もうとしたけれど、ジュディスは顔に微笑みを張り付けるので精一杯で、「はい」「いいえ」のような簡単な受け答えしかできない。

場がどんどん気まずくなっていく中、ジュディスはお茶会が終わるのをひたすら待った。


王太子妃の非公式のお茶会があったその日の夜、外交官としての任務を終えて帰ってきたフレデリックと寝室で顔を合わせた。

「ジュディス、半日ぶり！　会いたかったよ！　お茶会はどうだっ――どうしたの？　何だか顔色が悪いよ？」

ハイテンションで寝室に入ってきたかと思うと、出迎えようとベッドの端から立ち上がって振り返ったジュディスを見て心配そうな顔になる。

（笑顔で迎えようと思ったけれど、全然できなかったみたい）

ジュディスは情けない表情になっているだろう顔を隠すように俯いた。

「……申し訳ありません」

「え？　何？　僕に謝らなきゃって思うようなことがあったの？　ともかく話を聞くから、ここに座って」

フレデリックはおろおろした様子で、ジュディスに再び座るよう促す。それから自分もジュディスの隣に腰掛けた。

「さあ、話して。ジュディスが僕と結婚しないって言わない限り怒ったりしないよ？」

気を楽にしてくれようとしたのだろう。フレデリックはおどけたように言う。けれどジュディスの気はさらに重くなった。

「……そう言ったも同然のことをしてしまったかもしれません……」

「ええ!?　どういうこと？　何が起こったのかめちゃくちゃ気になるんだけど！　ジュディス自身が結婚したくないっていうこと以外なら僕が何とでもできるから、とりあえず何があったか教えて。ね？」

さりげなくまぜられた自信満々な言葉に、ジュディスは笑いそうになってしまう。今は笑っていられる状況じゃないはずなのに。

（殿下の気遣いよね。こんな気遣いのできる方に成長なさっていたなんて……）

驚きと、何故かときめきも覚えながら、ジュディスはお茶会であったことを話し始めた。

すっかり話し終えると、相槌しか打っていなかったフレデリックが「なんだ、そんなこと」とあっさり言った。

「僕の評判なんか気にしなくていいよ。その程度のことで傷付くような評判を築いてきたつもりはないし、実は、僕の評判を落とせたらいいなって思ってるんだよね」

「ええっ？　どうしてですか？」

ジュディスは驚いて、フレデリックの顔を見上げた。フレデリックは肩をすくめ、困ったような笑みを浮かべる。

「外交官としての功績や前国務大臣を告発したことで無駄に評判が上がっちゃってね。王太子殿下を退けて、僕を次期国王に持ち上げようとする貴族たちが密かに動いてるんだ」

血の気が引く思いがした。

「僕と歴史の勉強をしたジュディスなら思い出してくれたと思うけど、そういった番狂わせ的な権力者の交代は、流血なしに成し遂げられた例がないんだよね。大抵が現権力者に重大な欠陥や罪があるとして弑されているし、その際に両陣営の戦いが起こって少なくない死傷者が出ている。穏便なところでは毒殺が疑われる病死とか作為が見え隠れする事故死とかだけど、やっぱり人死には避けられない。僕は兄上たちとそんなに仲がいいわけじゃないけれど、死んでほしいなんて思ったことはないからね」

「なななんて恐ろしい話を軽い口調で話してらっしゃるんですか!?」

(〝たち〟ってことは第二王子のエドムント様も巻き込まれるってことで……!)

ガウンに包まれたフレデリックの腕にしがみつき、ジュディスはがたがたと震える。すがる目を向けると、フレデリックはもう一方の腕を上げて、ジュディスの頭をぽんぽんと撫でた。

「大丈夫だよ。国王陛下も王太子殿下も、そういうことが起こらないよう貴族たちに根回ししているし、エドムント兄上も近衛騎士の立場を利用して不穏な動きはないか警戒してる。ただ、僕を国王の座に押し上げてのし上がろうとする貴族の中には、諦めの悪い奴がいるかもしれないからね。いっそそいつらががっかりするくらい評判を落としてもいいかなって思うわけさ」

「そんなのダメです!」

ジュディスは泣きそうになりながら叫んだ。フレデリックは困惑して、ジュディスの顔を覗き込んでくる。

「ジュディス?」

「殿下が頑張って積み上げてきたものを、事情があるからといって潰してしまうなんて、そんなのないです……」

　ジュディスの目尻に涙がたまる。フレデリックはそれを人差し指で優しく拭った。

「僕のことを大事に思ってくれてありがとう。でも、僕は名声なんてどうでもいいんだ。ジュディスと結婚できるなら、身分も名誉も要らない」

「殿下……」

　ジュディスの胸に、ぶわっと温かい想いが広がった。

（わたし今、初めて殿下の気持ちが本物だって気付いたかも……）

　これまでに何度も言動で愛を伝えられてきたのに、ジュディスはどこか本気に捉えていなかったことに今になって気付いた。

　フレデリックの愛を信じられるようになった途端、にやけそうになる頬を隠さずにいられなくなる。ジュディスは頬を押さえて俯いた。

（どうしよう……すごく嬉しい）

「ジュディス？　どうかした？　僕、ジュディスを心配させるようなことをまた言っちゃったかな？」

　気遣わしげなフレデリックの声に驚いて、ジュディスの声は裏返る。

「いっいいえ！　大丈夫です！」

　顔を上げて取り繕う笑みを浮かべると、フレデリックは「そう？」と言って話を続ける。

「実はさ、ジュディスと結婚するために頑張ってただけだから、念願が叶ったら隠居するつもりなんだ」

「は？」

十八歳の青年にはそぐわない言葉に、ジュディスは唖然として間の抜けた声を出してしまう。さっきまで照れくさくて動揺していたのに、すっかり頭の隅に追いやられた。冗談だと思いたくてフレデリックの顔色を見たかったけれど、腕に力を込められて、ジュディスの顔はフレデリックの胸にぎゅっと押し付けられてしまう。

「僕さ、五歳から必死に外交を学んで、十一歳になる前からいろんな国を飛び回って大人たちとの難しい交渉を勝ち抜いて、自国と近隣諸国の平和に貢献したんだよ？　一生分の務めを果たしたと思わない？」

「え……ええっと……」

そうなのだろうか。王族の務めなど詳しく知る機会もなかったのでわからない。

困惑して身動きの取れなくなったジュディスに、フレデリックは楽しそうに語り始めた。

「国王陛下も王太子殿下も、僕が隠居したほうが国を治めやすいと思うんだよね。だからこれまでの貢献への褒賞として所領か年金をもらってさ、ジュディスと二人で悠々自適に暮らすんだ。森の中なんてどうだろう？　社交界からの声が届かない深い森の屋敷に住んでさ、冬は雪のかかった針葉樹の森を暖かい部屋から眺めて、夏は庭に出て木陰で昼寝したいな。――外交って昼も夜も忙しくて、帰国するまでまともな休みを取ったことがないんだ。そろそろゆっくり休みたいよ」

フレデリックの身体が、いつの間にか重くなっている。抱え込んでいるジュディスにもたれかかっているのだろう。その重みを感じることで、若い身体にどれほどその職務が負担だったか、想像させられた。

王子であるフレデリックに隠居が許されるとは思えないけど、せめてジュディスが安らぎを与えてあげたい。

抱きしめ返すと、フレデリックは一度ぎゅっとしたあと、ジュディスを放した。

「そろそろ寝ようか」

言われた瞬間、ジュディスはかぁっと紅潮する。

「あ、あの……はい……」

「あはは！　さすがに今日はしないよ。気疲れしちゃってそんな気になれないでしょ？」

フレデリックはガウンを脱いで上掛を剝ぎ、先にベッドに潜り込む。

振り返ってフレデリックを見ていたジュディスは、何だか置いてけぼりにされたような気分になった。

(確かにそんな気分にはなれないからありがたいけど、断っても毎日のようにしてきたのに、本当にいいの？)

上掛けを持ち上げてジュディスを待っていたフレデリックが、目を合わせてにこりと笑う。

「ジュディスがしてほしいって言うなら、僕は大歓迎だよ？」

ジュディスはさらに真っ赤になり、慌ててガウンを脱いでフレデリックの隣に滑り込む。

フレデリックは「残念」と呟いて、ジュディスを上掛けで包んだ。

「親友の悪口を言われて、その上僕と親友のどちらかを選べみたいなことを言われて辛かったんでしょ？　そんな君に無理強いはしたくないよ。腕枕以外のことは何もしないから、安心してお休み」

フレデリックはジュディスの頭の下に逞しい腕を置くと、その腕でジュディスの肩を抱き寄せる。

「ともかく、今日のお茶会のことは忘れてしまえばいいよ」

横向きになりフレデリックの肩口に顔を埋めたジュディスは、自分の気持ちと向き合っていた。

(殿下に愛されてるって理解できてすごく嬉しかった。その嬉しさをお返しできたらいいけれど、そもそもわたしは殿下のことを愛しているの？)

フレデリックの顔が綺麗だと思ったり、彼の言動にどぎまぎしたりはする。でも、それが愛かと自分に問いかければ、わからないという言葉が返ってくる。

(二十五歳にもなって愛がどんなものなのかわからないなんて……わたしのほうがよっぽ

ど子供ね）
愛してもらっているのにお返しができない。そのことが申し訳なく、穏やかな寝息を立てるフレデリックの腕の中で、ジュディスはなかなか寝付けなかった。

＊　＊　＊

アントニアは、自宅アパートメントの応接室で荒れていた。

「どうしてわたしが社交界から締め出されなきゃならないのよっ！」

クッションが、御用聞きに来た商人の座る長椅子に投げつけられる。商人はそのクッションを手に取って、アントニアに投げ返した。アントニアはそれをまた投げる。

「あの女が出席する催しにわたしをエスコートする男がいなくなっちゃったのはどういうわけ⁉　わたしをエメラルド宮に招待するって言ったくせに、その約束を黙って反故にするつもり⁉」

エメラルド宮への招待については、アントニアが会話を誘導して、ジュディスに半ば無理矢理呑ませた要求である。そのことを都合よく忘れてジュディスを責める。

「第三王子を誘惑するチャンスも作らないわ、新しい獲物も引き寄せてこないわ、このまじゃわたしジリ貧じゃない！」

アントニアは血走った目を商人に向ける。

（儲けさせてやらなきゃ、この男も去っていってしまう）

焦燥を覚えたそのとき、商人はにたりと不気味に笑った。

「あの女はもう役に立ちそうにありませんね。そうしましたら、最後にこんな利用方法はいかがでしょう？」

その内容を聞いたアントニアは、商人と同じように笑った。

「あなた、よくそんなこと思い付くわね。あの女、最後に金になってくれるだけじゃなく、わたしの気分も晴れ晴れさせてくれそうだわ。——でも、わたしに危ない橋を渡らせるのだから、きちんと仕事はしてくれるのでしょうね？」

「もちろんです。私は儲けさせてくださる方のご用命は何でも承ります」

＊　＊　＊

四月初旬。雪はすっかり解け、枯れ木に若葉が芽吹き始めて、陽気は春らしくなった。

屋内ばかりだった社交行事が屋外でも行われるようになり、その解放感から人々の心が浮き立つ季節。

けれど、ジュディスの心はどんより曇っていた。

フレデリックが評判は気にしなくていいと言ってくれたけれど、やはり彼の評判を落とすことはできない。フレデリックの評判を守りながらアントニアの名誉を回復するにはどうしたらいいか。悩むジュディスは、アントニアと顔を合わせないことに安堵していた。彼女を庇うことができない自分を、本人には見られたくない。

王太子妃のお茶会のあと、アントニアについていろいろ言われるようになった。

「あなたのご親友にはお気をつけあそばせ。可愛いふりして男性を食い物にする、とんでもない女なんですのよ」

「詳しい話をお聞きになられたいなら、被害者をよく知る方をご紹介できますわ。——当人やそのご家族から話を？　ええと……おわかりになりますでしょう？　そうした身内の恥を貴族は隠したがるものですわ」

こういう話を聞かされるのは、決まってフレデリックが一緒にいないときだ。他にも——。

「あなたのご親友を、フレデリック殿下に紹介しようとなさったそうね。伯爵未亡人という肩書はあれど、元は男爵の娘でしかない方を公の場で殿下に紹介すれば、彼女より身分が高くまだご紹介に与ることができていない方々の不満を煽ることになりましてよ。殿下が躱してくださって、本当によかったですわね」

「あなたのご親友、エメラルド宮に招待されたいと言っていたのですって？　侯爵家の方でもお招きいただいていないのに図々しいにも程がありますわ。ジュディス様、物事には順序があることをお忘れにならないでね」

誰が広めたのか、廊下の片隅でアントニアと交わした会話まで取り沙汰されて悪し様に言われる。公の場でフレデリックに紹介してほしいとかエメラルド宮に招待してほしいなどと口にしたのは、確かにアントニアが軽率だった。そのせいもあって、事実無根の噂でさえジュディスは口に出して庇う隙を得られない。それでもアントニアと縁を切ると言わないジュディスを人々は責める。

そんなことが続いて、ジュディスは心から笑えなくなった。

心配したフレデリックが、労わりの言葉をかけてくれる。

「やっぱり、君の親友の紹介を受けて、エメラルド宮に招待しようか？　そうすれば、君も君の親友も表立って悪口を言われることがなくなると思うよ？」

「いいえ。それはやっぱりしてはいけないことだから、アントニアに会ったらきちんと断ろうと思います」

とはいえ、断ることでアントニアを傷付けてしまうだろうことを考えると、手紙の一通も書くことができない。そのままずるずると一月が過ぎ去ってしまった。

（そろそろ連絡しなきゃ。アントニアはきっと待ち侘びているわ）

と思いはするけれど、なかなかペンを取ることができないでいる。

　今宵は珍しい夜の園遊会。王都に広い庭園を所有する侯爵家が、決して安価ではないランプを数多灯して夜闇に浮かび上がる春の花々を愛でる催しだ。とはいえ出席者たちの一番の目的は社交だ。これほどの催しを開ける侯爵家が招待する人々も錚々たる顔ぶれ。皆旧交を温めたり新たな人脈を築くのに懸命だ。

　特にティングハスト王国において社交界デビューを果たしたばかりのフレデリックは、誰よりも多くの人を集めていた。ジュディスは隣に立っていただけだけど、人いきれに疲れを覚える。小さく息を吐くと、フレデリックは談笑を中断してジュディスに話しかけてきた。

「大丈夫？」

「はい。――でも少し散策してきていいですか？」

「僕もついていこうか？」

「一人で平気ですので、お話を続けてらしてください」

「そう？　じゃあ行っておいで」

　ジュディスは人の合間を縫って、フレデリックを囲む輪から外に出る。振り返ると、一抹の淋しさが胸を過ぎった。

（わたしはここに集まっている人たちにとって、いなくてもいい存在なのね）

　輪から抜けたジュディスを、もう誰も見ていない。視線はすべてフレデリックに注がれていて、ジュディスはそのおこぼれに与っていただけだということをひしひしと感じる。

ジュディスは逃げるようにその場を離れた。人目を避けて歩いているうちに、いつの間にか人気のない会場の端まで来てしまった。

(ランプの明かりが届かないところまで行ってはダメね)

踵を返したそのとき、こつんこつんと足音が聞こえてきて、ジュディスは飛び上がらんばかりに驚いた。

思わず両腕で自らを抱きしめたジュディスは、暗がりから出てきた人物を見て脱力する。

「アントニア……びっくりした。アントニアも招待されていたのね」

「——ええ。とても親切な方が連れてきてくださったの」

(え？　どうしたの……？)

いつもの天真爛漫なアントニアとは違い、目の前にいるアントニアはしっとりとした笑みを浮かべて上品な足取りで近付いてくる。

アントニアが、ジュディスまであと二歩というところで立ち止まる。そのときになって、大人っぽいと思っていたその笑みが、本当は笑っているのではないと気付いた。

「ご……ごめんなさい」

謝罪が口を衝いて出た。アントニアはその笑みのまま小首を傾げる。

「何のこと？」

何だか怖いと思いながら、ジュディスはおずおずと答える。

「わたしから連絡しなくちゃいけなかったのに、なかなか連絡できなくて……」

「そんなこと、もうどうでもいいわ。こうして会えたんだもの。ね？」

にっこりといつもの笑顔になったアントニアに、ジュディスはほっと肩の力を抜く。

「せっかく会えたんだからおしゃべりしない？　こっちにいいところがあるの」

アントニアがジュディスの手を引いて向かったのは、ランプの明かりが届かない、庭園の木々の合間だった。ついていくのを躊躇うジュディスに、アントニアは明るく言う。

「隠れ家みたいでおしゃべりするにはもってこいの素敵な場所なのよ。わたし、さっきまでそこにいたんだから」

（アントニアがいた場所なら、怖い場所じゃないわよね？）

ジュディスは恐る恐るアントニアについていく。

「そういえばすごい偶然ね。こんな場所で行き合うなんて」

「あなたなら、きっとこの辺りに来ると思っていたわ」

不思議な物言いをしながら、アントニアは暗闇の中に入っていく。

まるで、別世界に迷い込んだ気分だった。

暗闇にはすぐ慣れて、思っていたほど暗くないことがわかった。ランプの明かりで見えなくなっていた星々が宙に瞬き、周りの景色を薄ぼんやりと浮かび上がらせる。

庭園の端だと思っていた先程の場所は、さほど中心から離れていなかったらしい。アントニアは曲がりくねった庭園の道を、迷いなくどんどん進んでいく。

(あまり遠くに行っては、殿下が心配するわ)

「アントニア。ねえ待って。あんまり遠くへは」

「わたしをエメラルド宮に招待するのをやめたんなら、今ついてきてくれるくらい、いいじゃない」

「え……何故それを?」

「親切な人が教えてくれたのよ。わたしのような女がエメラルド宮に招待されようだなんて図々しいって。ついでに、第三王子に紹介してと口にするのもおこがましいそうね」

「待って。違うの。物事には順序があって」

「〝順序〟ね。だからジュディスはわたしを第三王子に紹介するのをやめたんでしょ?」

歩く速度を速めながら、アントニアはキツい口調で言う。ジュディスは引っ張られるがままに歩きながら、申し訳なさに身をすくませた。

「ごめんなさい。これ以上殿下に迷惑をかけられなくて」

アントニアが急に立ち止まって振り返った。

「いいわね、順序が早い人は。いいところをかっさらっていって、順序が遅いわたしには何も残らない」

「え？　何のはな――」

ジュディスは最後まで言えなかった。

背後から回された強靭な腕。抗っても敵わないほどの力に拘束されて、口元を変なにおいのする布で覆われる。くらりと揺れながら沈んでいく意識。暗がりに慣れた目が、最後にアントニアの不気味な笑みを捉えていた。

(声が聞こえる……誰の？)

ふわりと浮上してきた意識が、人の声を拾う。

「ちゃんと量を加減したんでしょうね？　まだ言い足りないのよ」

アントニアの声だけど、ジュディスが今まで聞いたことのない高飛車な口調。それに続いて、媚びるような、気持ちの悪い男の声が聞こえてくる。

「ご安心ください。私の計算ではもうすぐ目を覚まされます。あ、ほら……」

身体は布のようなものでぐるぐる巻きにされていてほとんど動かない。椅子か何かに座らされ、背もたれに括り付けられているらしい。唯一自由になる首をくらくらしながらも何とか起こすと、声の主たちがジュディスを見下ろしているのが見えた。

「アントニア、ここは……？　そちらの方は……？」

アントニアは蔑むような笑みを浮かべて自慢げに言った。

「来るのは初めてだったわね。ここはわたしの本宅よ。夫たちの遺産をつぎ込んだの」

ジュディスは首を巡らせて周りを見た。ダイニングルームのようだ。部屋の中央に、左右五人ずつ着席できそうな長いテーブルが置かれている。真っ白なテーブルクロスが掛けられ、その上にはきらきら輝くガラスの花瓶や、風景が描かれた美しい絵皿、見るからに高価そうな揃いの食器や銀のカトラリーが所狭しと並べられていた。真っ白に塗られた壁には窓がなく、代わりに金の燭台が幾つかと、埋め尽くさんばかりに絵画が飾られている。

「すごいでしょう？　これ全部貢ぎ物なのよ。ここにあるのは特にお気に入りのものだけど、他は別の部屋にしまってあって――そうそう。売り払ったものもたくさんあるわ」

アントニアが軽やかな口調で説明するけれど、聞いているジュディスはどんどん血の気を失っていった。

押し付けられる贈り物に困っているとアントニアは言っていた。だから持ってきた本人に返しているとばかり思っていた。

「アントニア……！　あなた、断っても贈り物をされて困ってるって言ってたじゃない！」

アントニアは頬に手を当て、芝居がかった調子で話し始めた。

「そうよぉ、本当に困っていたの。最初は安物しか贈ってこなくてねぇ。仕方ないからそいつのライバルの名前を挙げて、『ありがとうございます。今度あの方がいらっしゃったとき自慢しますね』って言うと、慌てて高価な品を持ってくるのよ。自分がしょぼい品を贈った自覚はあったのね。ライバルに負けたくないなら、最初からいいものを贈ってくればいいのに。最初のガラクタも、ここにいる商人に売らせてお金にできたから、まあ役には立ったけどね」

　アントニアが顎をしゃくって示した先に、ジュディスは視線を移す。長身で姿勢の悪い陰気な男は、どんよりとした目をしてにたりと笑った。

「ご紹介に与りました商人でございます。儲けさせてくださる方のご用命は何でも承りますをモットーに、商売をさせていただいています。アントニア様は大変ありがたいお得意様でして、ご自身のお買い物は少ないのですが、金払いのよいお客様を数多くご紹介くださるのです。そのお客様方はアントニア様へのプレゼントをたくさんご購入くださり、アントニア様はその中で不要なものを私に売却してくださいます」

（男性に貢がせていたってこと？　それって社交界に広がっていたアントニアの悪い噂の通りじゃない？）

　目の前にいる親友が化け物に変わったように見えて、ジュディスはがたがたと震えた。

「う……嘘でしょう？　だって、言い寄られて迷惑だったたって……」

「もちろん迷惑だったわよ？　わたし、ちゃんと言ったもの。『あなたには婚約者がいます。いけません』って。あ、妻がいる奴には『奥様』ってね。そういう男ほど、障害があったほうが燃えるタイプなのよねぇ。『こんなことダメです』って言うほど、面白いくらい簡単にのめり込んでいったわ」

（アントニアはどうしてそんな話を楽しそうにするの？）

怯えてアントニアを見詰めていると、彼女はその視線に気付いておかしそうに笑った。

「そういえば、婚約破棄されて修道院に入った女もいたわね。男のほうも悪いけれど、婚約者だった女も女よ。結婚する相手だからって、安易に身体を許しすぎ。そのせいで破談になったあと、まともな嫁ぎ先を見付けられなくなって修道院送り。わたしから言わせてもらえば、自業自得ってものよ」

話し終えると、「あはは！」と声を上げて笑う。

（わたしの親友は、こんな心無いことを言う人だったの？）

人が変わったようなアントニアを目の当たりにして、ジュディスは信じられない思いでいっぱいだった。

アントニアは敵意にぎらついた目をして腰を屈め、ジュディスの顔を覗き込んできた。

「ついでに言うとね。わたし、会う前からあんたのことが大っ嫌いだった。親友だと思ったことなんか一度もないわ」

息を呑んだジュディスに、アントニアは酷薄でいて満足げな笑みを浮かべる。身体を起こすと、靴音をこつこつさせながらジュディスの前を行ったり来たりし始めた。

「あんたに近付いたのはね、あんたの周りにわたしの獲物になりそうな男が群がっていたからなの。婚約が次々白紙に戻る呪いにかけられたお姫様を救おうとする騎士気取りの男とか、たいそう珍しい境遇に陥っているあんたに興味を引かれた放蕩者とかね。そういう奴らほどわたしの境遇に同情したり、興味を持ったりして、貢がせるのが楽だったわ」

「あの……ごめんなさい、ちょっといいかしら？」

どうしても黙っていられず、遠慮がちに話の腰を折る。立ち止まり、不機嫌そうに「何？」と言ってきたアントニアに、ジュディスは戸惑いながらも問いかけた。

「ええっと、わたしの周りに男性が群──集まっていたって言うけど、わたし、社交界デビューした年ならともかく、その翌年からは男性にまったく見向きもされなかったのよ？　だからあなたの言うことはさっぱりわからないわ」

「そうね。あんたに近付きたい男は多かったけど、近付くと破滅するっていう噂もあって、迂闊に近付けなかったのですって。あんたはそんなこと知らなかったでしょうけど」

言われた通り、そんな話は知らない。アントニアは何の話をしているのだろうか。

「だからわたしがあんたに近付いて〝親友〟になったの。そうするとね、あんたのことを知りたい男たちがわたしに注目するわけよ。『親友ならいろいろ知ってるに違いない。仲良くなって教えてもらおう』って。ま、教えはしなかったけどね。その点はわたしに感謝しなさいよ。おかげであんた自身に変な男たちが近付かなかったんだから」

押しつけがましく言ったアントニアは、再びうろうろ歩き始めた。

「知ってそうなのに教えてくれないとなれば、ますます興味を引かれるのが人の常よね。おかげでわたしの周りから男がいなくなることはなくて、貢がせる男を選び放題だったわ。──目当てはあくまであんただっていうことだけはムカついたけど！」

アントニアは大声を上げて怒りを爆発させる。ジュディスの真正面に立って、頭上から怒鳴りつけてきた。

「目の前にわたしという儚げな美人がいるっていうのに、何であいつらは地味で凡庸なあんたに会わせろってぬかしやがるの!?　わたしのどこが、あんたより劣ってるっていうわけ!?　第三王子も第三王子よ！　どうしてあんたじゃなくわたしを遊び相手に選ばなかったの!?　選んでくれていれば、実の親に二度も売り飛ばされずに済んだのに！」

親に売り飛ばされた話は前に聞いている。

(あのときは何でもないことのように話してたけど、やっぱり今でもまだ……)

怒り狂うアントニアの姿が胸に痛かったけれど、衝撃的な事実に呆然と呟いた。

「……あのパーティーに、アントニアもいたの……？」

アントニアは息を呑んで目を吊り上げる。

「当たり前でしょう!?　わたしだって男爵の娘だもの。招かれる資格はあったわ。でもあんたより順番が遅かったわたしには、挨拶の機会さえ与えられなかった！　王子があんたを選んで、他に遊び相手はいらないって言ったからよ！　話す順番が来る前にパーティーが終わったのはわたしのせい!?　王子に自分を売り込むチャンスも与えられなかったのに、遊び相手に選ばれなかったのはわたしのせいなの!?」

「い……いいえ……」

身体を屈めて迫ってくるアントニアに訳もわからず返事をすれば、「でしょう!?　なのにあのバカ親共ときたら！」と吐き捨てる。

「王子の遊び相手を選ぶ会だったのかって決めつけて、どうして選ばれなかったんだって罵倒したのよ！　どんなに説明しようとも、話を聞いてくれずにおまえが悪いおまえが悪いって！　だったらどうしろと!?　一人で知らない場所に放り込まれて、言われた通りにしなさい、言われたこと以外してはいけませんと言い含められた子供に、いったい何ができたというの!?　わたしが悪いって言うならあんたらはどうなのよ!?　愚策に愚策を重ねて領地を失った父は!?　家計がひっ迫してるのに出費を抑えることに頭が回らなかった母は!?」

しゃべりすぎて息苦しくなったのか、ここで一度深呼吸する。

ショックだった。自分が遊び相手に選ばれフレデリックに困らせられながらも楽しい日々を過ごしていた間に、アントニアがそんな目に遭っていただなんて。

頭の中は真っ白で、かける言葉も見当たらず、ただただ見上げているしかない。

一度吐き出したことで落ち着いたのか、アントニアのそれからの口調は落ち着いたものになった。アントニアは背を反らし、目一杯見下してくる。

「一方あんたは大事に守られて、警備上の問題があるとかでより王宮に近い大きな屋敷に引っ越したわよね？　王都の一等地に住む者としての体面を保つために必要なお金も支給されたって。そういう噂を聞きつけてくるたびに、親たちはわたしを責めたわ。おまえが遊び相手になっていれば今頃豪邸に住んでいたのに。おまえが選ばれていれば貧乏暮らしからおさらばできていたのに。——言葉の暴力だけじゃなかったわ」

アントニアはぶるりと身震いする。それから荒んだ笑みを浮かべて聞いてくる。

「顔にはまだ利用価値があるだろうからって手を付けられなかったけど、身体は悲惨なものよ。傷跡見てみる？」

もろ肌を脱ぐような仕草を見て、ジュディスはふるふると首を横に振った。ここには男性もいる。そんな場所で肌をさらさせるわけにはいかない。

アントニアは顎を反らして歪な笑い声を上げた。

「ま、その点は親に感謝よね。結婚できる年齢になったら高値を付けた男に早速売られたけど、服の下の傷を見たら気色悪いって言われて手を出されずに済んだもの。その代わり使用人のようにこき使われたけれどね。二度目の夫は同情を装って手を出してこようとしたけど、傷がまだ痛いって言って拒んでやったわ」

鼻がつんとして、目頭が熱くなってきた。これまで聞いてきた話でさえも酷いと思っていたのに、今聞いた話はそれ以上だ。アントニアを押し退けて遊び相手に選ばれたわけではないけど、罪悪感で気分が悪くなってくる。

アントニアは再びジュディスに蠱惑的な笑みを浮かべ顔を近付ける。

「別にあんたのせいだとは言ってないわ。去年までは恨んでもいなかったわよ。ただ、あんたに群がる男たちを利用できそうだった、それで近付いただけ。馬鹿な男たちを引っかけて、貢がせることができればいいっていう軽い気持ちだったの。あんたはあんたで、縁談が次々白紙に戻って辛い思いをしてたじゃない？　それでまあ許してやれないこともないと思って。でも」

愛らしいアントニアの顔が、醜悪に歪む。

「第三王子と婚約って何？　結局あんたは幸せになるってわかったときの、わたしの気持ちがわかる？　何であんたばっかりって思ったわよ。わたしは身体の傷のせいで一生幸せになんかなれないのに、どうして地味で鈍臭いあんたばかりが幸せになれるの？」

そのとき、ジュディスは衝動的に叫んでいた。

「そんなことない！　アントニアだってちゃんと幸せになれるわ！」

「――そうね。あんたならわたしを幸せにできるかもしれないわ」

唐突に前言を撤回したアントニアに、ジュディスは何故か恐怖を感じ顔を引いた。追いかけるようにアントニアは顔を寄せ、ジュディスの頬から顎にかけて指を滑らせる。

「簡単なことよ。――あんた、行方不明になってちょうだい」

ジュディスが息を呑むと、アントニアは喉の奥で笑って猫なで声で言う。

「心配しないで。命を取ったりなんかしないから。ちょっと遠くに行ってほしいだけよ。地味で鈍臭いあんたを欲しがる物好きに買われてね」

「かわれて……？」

言葉と意味が繋がらない。ぽかんとするジュディスを、アントニアは嘲笑った。

「あんたが第三王子と婚約したら、獲物にしてた男たちがみんないなくなっちゃうんだもの。第三王子を誘惑してあんたから奪ってやろうと思ったのに、周りの意見を気にしてあんた、第三王子にわたしを紹介してくれるのやめちゃうし。このままじゃまた貧乏になって不幸のどん底よ。だからね？　あんたの代金でわたしの懐を潤してちょうだい」

目を細めて言うアントニアを見てもなお、ジュディスは往生際の悪い言葉を口にする。

「親友だと思ってたのに……あんなに楽しくおしゃべりしたのに、あれは嘘だったの？」

アントニアは鼻で笑った。

「楽しかったのはあんただけよ。つまらない話をさも楽しそうに聞くのは、ホント大変だったわ。それに、あんたって本当に鈍感よね。わたしが悪口を盛って話しても、平然としてるんですもの」

（平然としてたわけじゃないわ。親友のために我慢してただけ。それより何？　悪口を盛ってた？）

悪い夢の中にいるようだ。眩暈と闘うジュディスに、アントニアは甘く囁く。

「わたしのことを親友だと思ってくれていたのなら、言う通りに手紙を書いて。宛名は第三王子で、内容は、そうね、『王子妃になる覚悟ができないのでお別れしたい。遠くへ旅立つわたしをお許しください』なんていいわね。嘘を吐くわけじゃないけど、もう生きてない感じがして。追っ手をかけられると面倒だものね？　言う通りに書いたら、少しはマシなご主人様に買ってもらえるよう、この人にお願いしてあげるわ」

そう言って、アントニアは少し離れたところで黙って立っていた商人を振り返る。商人は、ジュディスをぐるぐる巻きにしている布の間からジュディスの右腕を引き出し、椅子ごとジュディスをテーブルの前に運んだ。

テーブルには、便箋とペンとインクが並べられている。

ジュディスは、自分の人を見る目のなさに情けなくなった。

こうなったのは自業自得だ。いろんな人が忠告してくれたのに、ジュディスは頑として聞き入れなかったのだから。今でさえも、アントニアの不幸が自分のせいのような気がして、罪悪感で胸が苦しい。言う通りにすることが、せめてもの罪滅ぼしになるかもしれない。

アントニアが隣に立ち、便箋を手で押さえた。

「これで書きやすくなるかしら？」

まるで操られているかのように、ジュディスはペンを持つ。

（まずは宛名を書いて……）

――フレドって呼んで。

いつか聞かされた声が、耳元でリアルに聞こえてきた気がした。

驚いて周りを見たって、ここにはアントニアとあの商人しかいない。

「何をやっているの？　早く書いて」

アントニアが優しい声音でジュディスを促す。でも、ジュディスの耳には届いていない。

先程の幻聴が呼び水となって、記憶の底から思い出が一気に溢れ出す。

――ジュディス・パレッド。あなたのことを――あなたただ一人を愛しています。あなた以外の人を妻にするなんて考えられない。どうか、僕の妻になってください。

（そうだったわ。わたし、殿下にプロポーズされて、それを受けたんじゃない）

ジュディスはペンをテーブルの上に置き、傍らに立つアントニアを見上げた。

「やっぱりわたしには書けない！　言う通りに書いてしまったら、殿下を裏切ることになってしまうもの！」

「裏切る？」

首を傾げるアントニアに、ジュディスは懸命に訴えた。

「自分から姿を消す形でいなくなったら、わたしを信じてくれた殿下を傷付けることになる。わたしは殿下の信頼を裏切りたくないの」

「殿下の？　信頼を？」

アントニアは、小馬鹿にしたようにジュディスの言葉を繰り返す。それから首を仰け反らせて高笑いした。

「あーおかしい！　あんたまだ第三王子のことを信じてるの？　ホントに馬鹿ね」

もう一度笑い声を上げたあと、またもやぐいっと顔を近付けてきた。意地悪な笑みを浮かべ告げる。

「あんたもさ、次々と縁談が白紙に戻って『何かおかしい』って一度は思わなかった？舞い込む縁談の数は人並み以上だったのに、そのどれもが破談に終わったのはね。あんたの大好きな王子様が、裏で手を回してあんたに舞い込む縁談を次々ぶち壊したからなのよ」

「う、そ……」

ジュディスはこれ以上ないくらい大きく目を見開いた。

「嘘なもんですか。わたしに貢いでた男がその情報を掴んでたわよ？　あんたの縁談相手が一人残らず破滅してるなんて偶然、ありえないし、そんなことができる人物であんたに関わりがあるのは第三王子しかいない。ね？　事実と照らし合わせてみれば納得じゃない？　ただ、その理由がびっくりよね。十歳の子供が七つだか八つだかも年上の女と結婚したくて、縁談を妨害してたなんて、誰も夢にも思わないでしょ！」

高笑いが再び響くけれど、ジュディスの耳には届いていなかった。

（じゃあ、社交界デビュー前に最後に会ったとき、殿下があんなに怒ったのは……）

ジュディスが社交界デビューする直前に言った言葉を思い出す。

――素敵な旦那様と巡り合ってくるわね。

ティングハスト王国の貴族の娘にとって、社交界に出るということはお婿さん探しをするということだ。だからジュディスは間違ったことを言ったわけではない。でも、フレデリックがあのときから本気でジュディスと結婚したいと思っていたとしたらどうだろう。

十歳の子供が結婚したいと思う気持ちは想像がつかないけれど、十八歳になったフレデリックの言葉に籠もった熱は、今も感じることができる。

――好きなんだっ、愛してるんだよジュディス……！

初めてのときのことを思い出し、頬が熱くなってくる。

「何顔を赤くしてるのよ？　十歳の子供に結婚したいって思われて喜ぶなんて、あんたおかしくない？」

気味悪げに顔をしかめるアントニアを見て、赤面した恥ずかしさより、言われたことへの反発のほうが大きかった。

「殿下はもう十歳の子供じゃない。成人した立派な大人よ！」

食ってかかられるとは思っていなかったのだろう。アントニアは身体を起こして仰け反る。その隙を逃さず、ジュディスは訴えた。

「殿下は敏腕外交官であるばかりか、国内にいなかったにもかかわらず前国務大臣の罪にいち早く気付いた方なのよ？　そんな方が手紙一つで誤魔化されるわけがない。手紙を不審に思って、きっとわたしの行方を捜すわ。捜査の手は必ずあなたにも及ぶし、殿下は必ず私を見付けすべての経緯を暴く。あなたがしていることは伯爵家の娘の誘拐で、捕まれば罪に問われることになるわ。ねえ、こんなことはやめて。今なら、久しぶりに会えたあなたと離れがたくて一緒に会場の外へ出てしまったって証言するわ。だからわたしをあの夜会会場へ戻して」

そう訴えるジュディスの胸にあるのは、七年間心の支えになった親友への情だった。

（酷い裏切りを受けて傷付いたのに、わたし、まだアントニアを見捨てられない）

そんなジュディスの思いに気付いたのだろう。アントニアは小馬鹿にしたように笑った。

「あら。これだけ言ってもまだ、わたしのことを案じてくれるの？　でもね。そんな気遣いは無用よ。あんたを連れ出したとき誰にも目撃されなかったし、あんたを今晩中に売る手筈はもう整っているの」

拘束されたジュディスが見ることのできない方向から、商人の猫なで声が聞こえてくる。

「はい。私は儲けさせてくださる方のご用命は何でも承ります」

その声にぞっとするジュディスに、アントニアはうっとりしながら言う。

「それに、わたしのところにあんたがいなければ、さすがの第三王子もわたしを誘拐犯呼ばわりできないでしょ？　もし疑われても、それこそ望むところよ。親友が行方不明になったと聞いて狂わんばかりに心配する薄幸の未亡人を演じてやるわ。皆、さぞかし同情してくれるでしょうね。もしあんたの行方が摑めないことに焦れて王子が直接尋問しに来たら、王子を直接誘惑できるわ。地味でつまらないあんたでさえ婚約にこぎつけられたんですもの。わたしならすぐに結婚までいくかもしれないわね。わたしにはお涙頂戴の過去と美しい容姿があるでしょう？　それに、同じ年齢でも年相応の顔をしたあんたより、十代にしか見えないわたしのほうが殿下とお似合いだと思うのよ」

（わたしじゃ殿下に釣り合わない――）

久しぶりに胸に痛みを覚える。ジュディスはアントニアのように童顔じゃないし、何の取り柄もない嫁き遅れだし。でも、負けないものがある。

ジュディスはキッと顔を上げた。

「アントニア！　あなたはフレデリック殿下のことが好きなの!?」

「はあ？　そんなわけないじゃない。年下の男は趣味じゃないわ」

その言い草からフレデリックを貶されていると察し、ジュディスは食い下がった。

「殿下のことを馬鹿にしないで！　殿下は立派な大人の男性よ！」

「あんた、自分の結婚を妨害してたのがあの王子だって聞いてもまだ庇うの？　本当におめでたいわね！　――もう面倒だから、手紙はなくても何とかするわ」

「少々失礼いたしますよ」

　背後から商人の声がして、鼻に布を押し当てられた。夜会会場近くの森で嗅がされたのとは違う、甘ったるさのまじったにおいだ。

　嗅いではいけないととっさに思うも、口まで覆われてしまい、呼吸ができず首を振って布を外そうとする。ジュディスがそうするのは予想済みだったのだろう、布の上に布の帯を巻かれ、頭の後ろで結ばれてしまった。

　最初に嗅いだのが効いてしまったのか、身体が弛緩するのを感じた。息を止めるために力を込めていた鼻や唇からも力が抜けて、ジュディスの意思に反してその香りを吸い込んでしまう。すると身体はますます弛緩して、身動きもできなくなった。

　そんなジュディスの頭上で、「何の薬？」「痺れ薬の一種です。抵抗されても面倒なので」などとのんびり言葉が交わされる。

　指一本動かせなくなったジュディスは、背もたれに括り付けられていた身体が解放されても、逃げ出すことはできなかった。椅子からずり落ちそうになったところを商人に受け止められ、抱え上げられる。

「あんたはこれから、荷物のように出荷されるの。あんたが行方不明になったと第三王子が気付くのは、夜会が終わる頃でしょうね。それから捜索を始めたところで、とっくに手遅れよ。こいつの押さえたルートは特例で王子でも検められないから、あんたは誰にも止められることなく国外へ出荷されるってわけよ」

商人は両腕に抱えたジュディスを部屋の隅に運び、物陰に置かれていた箱の中に収めた。箱の内側には柔らかなクッションが張られていて、手足は伸ばせないもののベッドの上に横たえられたような感触がする。

ジュディスを収める際に、商人は箱に顔を入れるように屈み込んで小さく言った。

「大丈夫。丁重に扱わせていただきます」

そう言うと身体を起こし、丁寧な手つきで蓋を閉じた。真っ暗になった中でかちりと鍵がかかる音を聞いてようやく、ジュディスは危機的状況に陥っていることを実感する。

(まずいわ……このままじゃ本当に輸出されてしまう)

焦って必死に助かる道を考える。口を布で塞がれているから、叫んでも箱の外まで声が届かないかもしれない。そもそも、今近くに助けてくれそうな人の気配はない。

箱は台車に乗っていたのか、車輪の振動がクッション越しに感じられる。

上のほうからアントニアと商人の会話が聞こえてくる。

「それで、首尾はどうなっているの?」

「今晩中にこ、の、荷、物を納品する約束になっています。売却先は我々との関わりが明らかになっていない人物ですし、国としても下手に手出しできない相手なので、捜索の手が伸びることはないでしょう」

「完璧ね」

ジュディスは泣きたくなってきた。

(アントニアの様子がいつもと違うと感じたとき、どうして警戒しなかったの、わたし)

思えば、暗がりに誘うというのも怪しい話だ。変だと思いながらもついてきてしまった自分の迂闊さを詰りたい。けれど。

(どうしたのかしら？　何だか顔が火照ってきたわ)

布で口を塞がれているせいだろうか。その割にはこの熱の上がり方に覚えがありすぎる。

(嫌だ。わたしったらどうしてこんな状況の中で感じちゃってるの？)

次第に上がってくる熱を何とか散らしたいけれど、身体がまったく動かないからどうすることもできない。

困り果てたジュディスの耳に、恐ろしい話が飛び込んできた。

「この女に嗅がせた薬ですが、実は媚薬の成分も入っているんです。ある好事家の趣向でしてね。まず痺れ薬で相手の自由を奪い、その後じわじわ効いてくる媚薬で操るのです。身体を動かせなくて自慰もできないから、目の前にいる方に手伝ってもらうしかありません。今晩荷物の確認をなさる方が、そのお手伝いをしてくださるでしょう。――この女も、殿下以外の男性に身体を開いてしまったとなれば、二度と殿下に顔向けできないでしょうね。中毒性はなく、明け方までには切れてしまう軽い薬ですが、動けるようになっても逃げ出そうとは思わないでしょう。新しい主人の庇護を離れれば、捜索隊に見付かって殿下の所へ連れていかれてしまいますから」

これを聞いて、今度こそ肝が冷えた。

(殿下以外の男性に身体を――)

込み上げてくる吐き気に息が詰まる。冗談じゃない。フレデリック以外の男性に触れられてたまるものか。けれど、身体の自由が利かないまま荷物を確認するという人物に引き渡されたら。媚薬に耐え切れたとしても、何をされてしまうかわからない。

ぞっとして、背筋に冷たいものが走る。

(そんなことになったら、殿下の所へ戻ることなんてできない)

他の男の手が付いた女が王子妃になるなんて言語道断だ。ジュディスを妃にしようとしてくれたフレデリックに申し訳が立たない。

何より、フレデリックにもう会えないかもしれないことに恐怖を覚える。

台車が止まった。

「大事な商品が入っているんだ。慎重にな」

箱の中にいてもわかる。持ち上げられ、ぐらぐら揺らされながら運ばれる。ジュディスはパニックを起こし、声の限り叫ぼうとした。けれど声が出ない。大きく息を吸い込むことも、唇を動かすこともできない。これでは助けを呼ぶこともできない。

（もう二度と会えないなんて嫌！　助けて殿下——！）

箱が置かれた振動ののち、また別の揺れが来る。馬車の荷台にでも載せられたのだろう。

そのときだった。

足音や葉擦れなどの物音が一斉に響く。

「何!?　何なの!?　嫌！　放して!!」

動転したアントニアの叫び声。箱がまた揺れ、がちゃんと鍵の音がする。状況が呑み込めず緊張するジュディスの上に、蓋が開いたと同時に揺らめく赤い光が降り注いだ。

五章

「ジュディス……！」

　聞き馴染みのある呼び声に僅かに動く目を向ければ、松明の逆光を浴びたフレデリックの姿があった。陰になって顔はあまり見えないけれど、先程の声と今の雰囲気から、随分心配してくれたのだとわかる。

　口元の布を取り払ってもらったけれど、声はまだ出せそうにない。

（殿下、ごめんなさい……）

　心の中で謝罪する。

「ジュディス？」

　動かないジュディスを見て異変を感じたのだろう。フレデリックは不審げに呼びかける。

その声をかき消すように、男性の大声が響き渡った。

「ブリッジ伯爵未亡人アントニア・ボーナー！　第三王子フレデリック殿下の婚約者殿を誘拐した罪で捕縛する！」

「なっ！　何でバレ——いいえ！　これは何かの間違いです！　わたしは誘拐なんかしてません！」

アントニアの無実を訴える声は、ジュディスには聞こえていなかった。フレデリックの力強い腕で箱の中から抱き起こされ、安堵で緊張の糸が切れる。身体が動かせなくても、涙腺は別らしい。涙が次々溢れ、頬を伝って滴った。

（助けに、来てくれた……）

こんな奇跡、あるものだろうか。嬉しさと安堵で涙が止まらない。

ジュディスを両腕に抱き上げて、フレデリックは肩にもたれさせた顔を覗き込む。

「もう大丈夫だから。安心して。ね？」

幼子をあやすように、困った顔をして話しかけてくる。

まるで幼子に戻ったような気分。不謹慎だと思うけど、それが何だか心地よい。

「帰ろう。エメラルド宮へ」

そう言ってフレデリックが歩き出したときだった。

「ジュディス！　助けて！」

アントニアの切実な叫びが聞こえてくる。以前のジュディスならおろおろしただろうが、今は不思議と心が凪いでいた。売り飛ばされそうになったのだから怒ってもいいはずなのに、それもない。ただ、裏切られたという悲しみだけが、心の底で静かに漂っている。今もまだ、彼女を信じたいという思いが残っているのだろうか。

（アントニアに言わせれば、こんなところがわたしのおめでたい部分なんでしょうね）

心の中で自嘲するジュディスの耳に、アントニアの叫び声が再び聞こえた。

「ねえ！　わたしたち親友でしょう!?　支え合った七年間を忘れてしまったの!?」

その言葉を聞いて、記憶の扉が開く。

――ねえ、わたしたちお友達にならない？

――ジュディス、久しぶり！　今シーズンも会えて嬉しいわ！

それらが全部嘘だったと、今ならわかってる。ジュディスを利用し続けたことや、さっきぶつけてきた言葉のほうが本当なんだろう。でも、アントニアが親友のふりをしてくれたことで、ジュディスが救われていたのも事実だ。

その恩を、ジュディスは返せていない。

（殿下、お願い――）

ジュディスは必死に声を出そうとした。でも、息はただ喉を吹き抜けていくだけで声にならない。それでも忙しく呼吸をしていたおかげか、颯爽と歩いていたフレデリックはぴたりと足を止めた。

「ジュディス、何？」

声を出す努力を続けながら、顔を覗き込んでくるフレデリックを懸命に見詰めた。

それで察してくれたのだろう。小声で問いかけてくる。

「誘拐されて箱になんか入れられて、変な薬を使われたんだよ？　それでも庇うの？」

（アントニアのことで何度も迷惑をかけてごめんなさい。でも、これで最後だから）

思いを込めて見詰め続けると、フレデリックは溜息をついて言った。

「わかったよ。すぐには解放できないけど、何とか事件を揉み消してみるよ」

ジュディスが安堵したのを確かめると、フレデリックは振り返って指示をする。

「犯人は女性だ。あまり手荒なことはしないように。それと、今回のことは口外しないよう、全員に通達しろ」

「は！」

近衛隊士たちは小気味よく返事をする。

フレデリックの今までに聞いたことのない命令口調にドキドキしながらも、ジュディスは願いが聞き届けられたことにほっとして目を閉じた。

＊　＊　＊

ジュディスとフレデリックの密かなやりとりに、アントニアは気付いていた。

（ホントにお人よしだわ）

心の中で呟いてほくそ笑む。

七年間の友情のことを口にすれば、ジュディスは庇ってくれるのではと期待した。言いたい放題本音を言ったし薬が効いて動けないだろうから、微かな望みでしかなかったけれど。それが期待以上のこの効果。

アントニアの拘束は、後ろから両腕を軽く縛られるだけになった。抵抗をやめたからというのもあるだろうけど、第三王子の命令が影響しているのは間違いない。口外しないようにと言ったのは、罪を揉み消してくれるつもりなのか。

（いやいや、まだそうと決まったわけじゃないから）

自分がどういう状況に置かれているかわからないから、とりあえず同情を誘っておく。

「ジュディス……ジュディス……」

俯いて、憐れっぽく名前を呼び続ける。美人の打ちひしがれた姿は、男たちの庇護欲をそそるものだ。この場にいる誰かが擁護してくれるかもしれない。

効果の程を確かめたいが、顔を上げればこの芝居も台無し。ここは我慢のしどころだ。

屋敷の中から柔らかい帯布が運ばれてくる。それを身体に巻かれて、演技を続けながらアントニアは（あいつを縛ったのと同じ布でわたしも縛られるなんてね）と皮肉に思う。

「私が運びましょう」

（ん？）

縛り上げられたアントニアは、背後からかけられた知った声に疑問符を浮かべる。

「頼みます」

濃紺の近衛服を着た男がそう言うと、アントニアはふわりと横抱きにされた。見上げた先に見慣れた陰気な顔があって、混乱はいよいよ増していく。

人目が逸れた隙をついて、アントニアは自分を運ぶ商人に小声で尋ねた。

「どうして共犯のあんたが捕まってないの？」

「共犯？　いいえ。私は上得意の注文通りに動いていただけです」

さらっと語られた話に、アントニアは胡乱げな目をする。

「は？　あんたの上得意はわたしでしょう？」

「ええ。おかげで大変儲けさせていただきました。ですが、もっと儲けさせてくれる上得意がいましてね」

アントニアを幌付きの馬車の荷台に乗せながら、商人はにっこりと笑う。アントニアは目を大きく見開いた。

「あ、あ、あ……」

「何度も申し上げた通り、私は儲けさせてくださる方のご用命は何でも承ります。さすがの私も相反するご要望にはお応えできないので、より儲けさせてくださる方を優先いたしますが。あ、ちなみに媚薬入りにしたのは、最上得意様へのサービスです」

最後の一言は、アントニアの耳に入らなかった。

「あんたわたしを嵌めたわね!?」

この叫びが布張りの幌など簡単に突き抜け、夜の木立の中に響き渡ったことをアントニアは知らない。

＊　＊　＊

馬車に乗ってからも、フレデリックはジュディスを抱え続けた。背中と膝裏に両腕を回したまま、太腿の上に乗せている。商人が言っていた通り軽い薬だったようで、ジュディスは少しずつ身体の自由を取り戻していた。

「で……殿下……下ろしてください……」

掠れた声で頼むけれど、フレデリックは承知してくれない。

「まだ身体に力が入らないのに、一人で座れるわけないじゃないか。しっかり抱いていてあげるから、安心して僕の膝の上にいなさい」

命令口調のフレデリックが、何故かとても頼もしく感じる。「はい」と小さく返事をして、大人しく抱かれたままになる。

しかし、これが今のジュディスには苦行だった。箱の中では頭だけに感じていた火照りが、今や全身に広がっている。足の間がむず痒く、けれど擦り合わせるのを懸命にこらえていた。身体の自由が利きつつあるのが今は恨めしい。動けなければ、身体は辛くともはしたない真似をする心配はなかったのに。

「ジュディス？　何だか苦しそうだ。やっぱり侍医に診てもらったほうが」

「いっ、いいえ！　その必要はありません！　あの者も明け方までには消える軽いものだと言っていましたし」

声を上擦らせながら遠慮する。媚薬で身体が疼いているなんて、誰かに知られるだけでも軽く死ねる。

それでも、事情を知らないフレデリックからすれば、様子のおかしいジュディスを放っておくことなどできないのだろう。

「ダメ。やっぱりすごく苦しそうだ。顔も何だか赤いし」

前髪をかき上げられ、ジュディスは反射的に身をすくめた。

「ひゃっ」

「……」

「……」

ジュディスがうっかり上げた変な声に、フレデリックもジュディスも沈黙する。

前髪をかき上げたところで止まっていた手が耳の裏を撫でた。

「んっ」

今度はおかしな声は出なかったけれど、喉が鳴るのは止められない。

フレデリックはちょっと手を離し、次はうなじを撫で下ろした。

「んんっ」

「……もしかして感じてる？」

「いっいいいいえ!?」

視線を泳がせ動揺するジュディスを見て、フレデリックは勘付いてしまったのだろう。

「薬について、その男は他にも何か言ってたんじゃない？　正直に話したほうが身のためだよ？」

なおも黙っていると、今度は鎖骨の上をつつつと指先でなぞられた。

「……っ」

たったそれだけで快感に息が詰まる。

そのあと、頬を舐められたり、耳たぶを唇で食まれたり、首筋にキスされたり。それらには耐えたけれど、幅広の帯でぐるぐる巻きにされた上から胸を揉みしだかれると、馬車の中での不謹慎な行為に耐えられなくなって、ジュディスはとうとう「媚薬入りだと言ってました」と消え入りそうな声で白状した。

「……あの野郎」

ジュディスの身体を抱きしめたフレデリックは、ジュディスの耳元で小さく悪態をつく。フレデリックは意図していなかっただろうが、見かけによらないワイルドな声を耳元で聞かされて、ジュディスは快感に耐え切れずびくびくと震えた。

その反応に驚いたのか、フレデリックは腕を緩めてジュディスから少し離れ、まじまじと顔を覗き込む。そんな視線を受けてますます顔を赤くするジュディスを見て、フレデリックは不意ににやりと笑った。

「私の乱暴な口調に感じたのか？」

常とは違う物言いに、背筋がぞくんと快感を覚える。フレデリックはそんなジュディスを窺うように目を細めた。

「へえ、意外」

「ど……どうしたのですか？　何だか人が違ったように……」

狼狽えるジュディスに、人の悪そうな笑みを浮かべてフレデリックは言う。

「私にだっていろんな一面があるさ。プライベートでは『僕』と言って控えめな態度も取るけれど、公的な場では『私』と言ってお行儀よくしているだろう？　他には、身分の低い者には鷹揚になったり、逆に威圧的になったりもする。下々の者と関わったこともあるから、下品な言葉も知っている。――そうか。ジュディスは私が下品な言葉を吐くのが好きなのだな」

「そ……そういうわけではないのですけど」

ジュディスはどきまぎしながらも訂正を試みるが、フレデリックは面白がってジュディスの耳元に顔を近付けようとする。ジュディスはぐるぐる巻きの中から出されていた右腕を何とか持ち上げ、手のひらで押し止めた。

「殿下にお聞きしたいことがあります」

顔を火照らせながらだったけれど、真面目な話がしたいことは察してもらえたようだ。意地悪っぽい笑みを消して、適度な距離を取ってくれる。

「何を聞きたいの？」

優しい問いかけに、胸がギュッと痛む。これを言ってしまえば、フレデリックとの関係にひびが入ってしまうかもしれない。けれど、問いかけないという選択肢はなかった。

ジュディスは覚悟を決めて口を開く。

「わたしに来ていた縁談を、殿下が裏で手を回して次々白紙に戻していたというのは本当ですか？」

フレデリックは目を見開いて息を呑む。

それは、知られたくないことを知られてしまったと言わんばかりの表情だった。

「本当、だったのですね……」

失意の溜息と共に、そんな言葉が口から零れ落ちる。この話にどう決着をつけたものかと迷っていると、フレデリックはいきなり喚き出した。

「そうだよ！　だって私がジュディスと結婚したかったんだ！　悪いか！」

　まるで子供の癇癪のようだ。そのくせ逞しい腕でジュディスをしっかり支えて放さない。まだ少し身体の自由が利かないからむしろ助かるけれど、子供と大人、両方の姿を同時に感じてジュディスは少し混乱する。

　目が泳ぐジュディスに気付いているのかいないのか。フレデリックは溜め込んでいたものを吐き出すようにまくし立てる。

「だってジュディスは全然相手にしてくれなかったじゃないか。社交界デビュー前に『素敵な旦那様を見付けてくるわね』なんて言って。あんな笑顔で言われちゃ、脈なしだってすぐにわかったよ。プロポーズしたって絶対相手にしてもらえない。だからトレバーに相、い、い、談して、ジュディスの縁談がまとまらないよう手を打ってもらったんだ。私は謝らないからな。それで正解だったって、今でも思ってるよ。三年目の社交界が終わりそうで追い詰められてたはずなのに、それでも私の手を取らなかったんだから！」

「ご……ごめんなさい……」

　ジュディスは身を縮こませて謝罪する。それを見たフレデリックは、怒りに似た興奮を鎮めた。

「……私こそすまない。子供を将来の夫として見るなんて無理な話だったね。それでも十三歳になった私は、少しは大人になったと思っていた。なのにプロポーズを断られて腹を立てて、それから五年もまた苦しめてしまった。でもわかってほしいんだ。私は出会ったあの日から、君と結婚することをずっと夢見てきた。その夢がもうすぐ叶うところなのに、今更君を手放すなんてできない」

フレデリックはジュディスの片手を取って、自分の額に押し付ける。祈るようなその様子を見て、ジュディスは絆されるのを感じる。

本当なら怒るべきところなのだろう。

縁談が次々白紙に戻って、何か問題を抱えているのではと遠巻きにされた最初の三年間。社交シーズンを三回終えて、嫁き遅れと呼ばれるようになって、王都では身をひそめるようにしてシーズンが終わるのを待ち侘びた四年間。

辛かった。親友が王都で待っていると思わなければ、家族が懸命に誘ってくれなければ、とっくに逃げ出し修道院に入っていた。けど、それをフレデリックのせいだと責めることはできなかった。

(だって、今回のことで思い知ったもの)

フレデリックと二度と会えないかもしれないと思ったときの恐怖が教えてくれた。彼がジュディスにとってなくてはならない存在だということを。

(殿下がいない人生なんてもう考えられない。ようやくわかった。これが愛なんだわ)

ジュディスは、まだ重だるい腕をのろのろと上げて、フレデリックの頬に添えた。不安げに揺れる青玉の瞳が見える。その不安を拭い去りたくて、ジュディスは柔らかく微笑んだ。

「殿下。わたしも謝らないわ。だって、未成年の子供を結婚相手に考えるなんて、わたしにはどうしたってできないもの。けれど、お礼は言わせて。ずっとわたしのことを想っていてくれてありがとう。おかげでわたし、幸せになれそうだわ」

フレデリックは信じられないとばかりに目を見開く。その様子をおかしく思って、ジュディスはちょっと悪戯っぽく話を続けた。

「実は、縁談相手の誰にも恋をしたことないの。良い人だなって思うことはあっても、男性として好きかと聞かれればすごく困ったと思うわ。そんなんじゃ、相手の方に失礼よね。だから、縁談が壊れるたびに、がっかりしながらもちょっとほっとしていたの。嫁き遅れと呼ばれるようになった四年間、本当に辛かった。でも、それは本当に好きな人と結ばれるための試練だったと思えるから、今はそんなに辛い思い出じゃないの」

「本当に、好きな人……？」

フレデリックがジュディスの手を下ろしながら呆然と呟く。いつもと逆の状況に笑いが込み上げてくるけれど、それをこらえてジュディスは精一杯の笑みを浮かべた。

「大好きよ、殿下。この世で一番——愛しているわ」

照れくささを頭の隅に追いやって言うべき言葉を口にすれば、覆いかぶさるようにフレデリックに抱きしめられた。

「私も君が大好きだ。ジュディス、愛してる――」

(難しいことを考える必要なんてなかった。同じだけの想いを返せたらと思ったときには、とっくに殿下のことを愛していたんだわ)

ジュディスは幸福に包まれながら、自由になる右腕をフレデリックの広い背中に回した。

そんな幸せな空気の中、身体の自由が戻ってくるのに反して、媚薬の効果は高まりつつあった。吐く息は熱く、おかしなところが疼いて仕方ない。

(こんな状態で人前に出るなんて恥ずかしい……)

ジュディスの気持ちを察してか、馬車が停まるとフレデリックは上着を脱いで、ジュディスの身体を包んだ。上着から顔だけ出したジュディスを膝の上に抱き上げると、扉が開かれる直前に囁いてくる。

「眠ったふりをしておいで」

感謝を伝えたかったけれど、その前に扉が開いたので、ジュディスは慌てて目を閉じ寝たふりをする。

フレデリックはジュディスを抱いたまま立ち上がると、慎重に馬車から降り始めたようだった。いつになく心配そうな家令の声が聞こえてくる。

「どうかなさったのですか？　侍医を呼びましょうか？」

「いや。疲れて眠っているだけだ。真っ直ぐ寝室に連れていって寝かせるよ」

家令が寝室まで先導したが、扉を開けてフレデリックたちを中に通すと、「ご用の際はお呼びください」とだけ言って扉を閉めた。

熱い吐息の合間にほっと安堵の息を吐いたジュディスを、フレデリックは変わらぬ速度でベッドまで運ぶ。そしてジュディスをベッドに横たえ、自分の上着を取り払った。

「ん？　これはどうなってるんだ？」

ジュディスのぐるぐる巻かれた布に手こずっているようだ。

「幅広の布のようです。端はどこかにたくし込んであるのかも」

「そういうことか。——あ、あった」

脛の辺りから端を引っ張り出すと、フレデリックは早速解きにかかる。二人の傍らにはあっという間に布の山が出来上がった。

「——くそっ、どれだけ巻き付けてあるんだ？　全然終わりが見えてこない。すまない、ジュディス。ベッドの上に座れるか？」

これまでとは違うフレデリックの口調にどぎまぎしながら、ジュディスは身体を起こそうとする。けれど足の脛まで巻かれてしまっているため、バランスが取れず起き上がることもできない。「無理そうです」と答えると、フレデリックはジュディスの上半身を抱き起こし、自分の胸にもたれさせた。

上半身に巻かれた布を、頭の上から抜くように丁寧に解いていく。ようやく左腕も解放された。が。

「今度は下半身か！」

フレデリックは悪態をつくとジュディスをベッドの上にころんと転がし、足を持ち上げて引き抜くように解いていく。

幅広の布は解いてみると透けそうなくらい薄く、思っていた以上にたくさん巻かれていたようだ。

「また上半身かよ」

げんなりした口調に、ジュディスはつい笑ってしまう。ジュディスの身体を起こそうとしていたフレデリックが、その動きをぴたりと止めた。

「また子供扱いしたな？」

「え？　してませんけど？」

「いいや。それは私を子供扱いしているときの笑い方だ」

「そうですか？　でも本当に子供扱いしてません」

ベッドの上に膝をついたフレデリックと、両腕が自由になって半分身体を起こしかけたジュディス。主張がしばし平行線を辿ったのち、フレデリックが唐突に言う。

「ジュディス。横になって両腕を頭の上に上げろ」

「こうですか？」

ジュディスは寝転がり、万歳するように両手を上げる。するとフレデリックは、立ち上がって思い切り布を引っ張る。

「きゃあ！」

悲鳴を上げたジュディスは、広いベッドの上をころころと転がった。

「最初からこうすればよかったな」

「きゃー！　やめてください！　目が回るっ」

そう言いながらも、楽しくて声が笑ってしまう。

「楽しそうだな。――っと危ない！」

ベッドから転げ落ちそうになったジュディスを助けたフレデリックは、この方法を諦めて、先程と同じように地道に布を解いていく。フレデリックの胸にもたれかかったジュディスは、両腕がフレデリックの邪魔にならないよう、揃えて頭の横へ持っていった。

騒いだせいか時間が経過したせいか、媚薬の効果は薄れていた。すると心にも余裕が出て、他愛のない話が口からぽろりと出た。

「何だかプレゼントになった気分です」

ふわふわと扱いにくい布と格闘しながら、フレデリックはむすっとして言う。

「こんな包装過多なプレゼントは最早嫌がらせだ」

「え？　殿下はプレゼントを開けるときわくわくしませんか？　中身を見たら『わあ！　嬉しい。ありがとう』で終わっちゃうから、その前のわくわくを長く味わいたくてわざとゆっくり包装をはがすんです」

「わかった。ジュディスへのプレゼントは包装過多にするよ」

「プレゼントといえば、わたし、殿下に誕生日プレゼントをまだ差し上げてませんでした」

「え？　もうもらったけど？　君の初めてを」

「もう！　そういうことは仰らないでください。そうではなく、形のあるものを差し上げたいんです」

「じゃあ楽しみに待ってるよ。ゆっくり用意してくれていいからね。私たちにはこれから先、たっぷりと時間があるんだから。――あ、終わりが見えてきた」

中に着ているものが透けて見え始めたらすぐだった。ようやくジュディスはふわふわの布から解放される。ずっと巻かれていたので、スカートはしわしわだ。クリノリンはもちろんない。フレデリックが「あいつどうやって外したんだ？」と剣呑な声音で言ったけれど、聞かなかったことにする。

「それにしても、すごい量ですね」

ベッドに山盛りになった布に、ジュディスは感心する。

「侍女を呼んで片付けさせるか」

「でもこれふわふわしてて気持ちいいですよ？」

そう言ってぽふんと身体を埋めると、フレデリックは変なものを呑み込んだような顔をした。

「？　どうかしましたか？」

「いや、だってそれ誘拐の……まあいいか。ジュディスが気に入ったんなら、この上でしてみる？」

魅惑的な笑みを浮かべたフレデリックが覆いかぶさってきて、ジュディスはどきんと心臓を鳴らす。恥ずかしくて目を逸らすと、気弱そうな声が降ってきた。

「ダメ？」

（あれ？　拒んだように見えちゃった？）

ジュディスは上を向いて小さく首を横に振る。それをしたあとで、自分にしては大胆なことをしてしまったと気付き、かあっと頬を赤らめた。からかわれるかと思ったのに、フレデリックはこの上なく甘い笑みを浮かべ、優しくジュディスの髪を撫でる。

「嬉しい……初めてジュディスに拒まれなかった」

その言葉が、大きくジュディスに迫ってくる。

（わたしに拒まれて悲しくなかったわけじゃないのね。ごめんなさい。わたしも本当は拒みたくなかったの）

ジュディスは両腕を伸ばし、フレデリックの首に巻き付ける。あなたが欲しいという気持ちと共に両腕に力を籠めると、フレデリックに背中をすくい上げられて力いっぱい抱きしめられた。

「――くそっ。やっぱり邪魔だ」

フレデリックは悪態をついて、両腕に絡む帯布を引っぺがし、ベッドの外へ放る。ジュディスはくすくす笑いながらそれを手伝った。

その途中で、フレデリックはぽつんと呟いた。

「媚薬はもう抜けちゃったか。残念」

「どうして残念なんですか？」

フレデリックは悪戯っぽく笑う。

「ジュディスに『もう我慢できないのっ入れて！』ってお強請りをされたかったなって」

「な……っ！」

とんでもないことを言われ、ジュディスは絶句する。

「ね？　恥ずかしくて、さすがに正気じゃ無理だろう？」

帯布を全部落とすと、フレデリックはジュディスから身にまとうものをすべて剝ぎ、自身もすべてを脱ぎ捨てた。ジュディスをベッドに押し倒すと、フレデリックはキスを再開する。覆いかぶさる逞しい身体と蕩けるような甘い口付けに、ジュディスの身も心も高揚する。

口付けが耳元に移り変わるころ、フレデリックはジュディスに寄り添って寝そべった。ジュディスの頭を抱え込むように腕を置くと、優しく耳などに触れながら、自由になる手で全身への愛撫を始める。

媚薬がまだ残っていたのか、ジュディスの身体には簡単に火が点く。

「あっ殿下……！」

「そろそろフレドって呼んでくれてもいいんじゃない？」

ちょっと拗ねたような声に、ジュディスは目を瞬かせる。

「そういえば、気になっていたのですけど……」

「何？」

「どうしてフレディではなくフレドなんですか？　王妃陛下はフレディと仰っていたのに」

今度はフレデリックが目を瞬かせ、それから拗ねたように目を逸らす。

「……フレディだと、子供みたいじゃないか」

「わたしはそうは思いませんけど？」

「私はそう思うんだ」

大人っぽい口調で子供っぽいことを言うので、ジュディスはつい噴き出してしまった。

「笑ったな？　こうしてやる！」

フレデリックは馬乗りになって、ジュディスの両胸を責める。

「んっ、ふっ、フレド様……っ」

喘ぎ声の合間に名を呼ぶと、フレデリックの手が一瞬止まる。

「……〝様〟も要らないんだけど」

文句を言いながらもちょっと照れたように目を伏せたところを見ると、多分嬉しかったのだろう。フレデリックはそのままジュディスの胸元に顔を伏せる。

そこから本格的な愛撫が始まった。火照った肌の上をなぞる、唇、舌、手のひらが、身体の熱をさらに上げていく。ジュディスの中をかき混ぜていた三本の指が引き抜かれたとき、ジュディスは快楽にぼんやりしながらも決意を固めた。

フレデリックはジュディスの足の間に腰を据え、視線を合わせてくる。これから「いい？」と聞いてくるのだろう。その前に言わなければと、ジュディスは目をギュッと閉じて叫ぶ。

「もっもう我慢できないのっ入れて！」

「……え?」

返ってきたのは啞然とした声。間違えたのだと気付き、ジュディスは慌てて言った。

「だっだって、フレドがそう言ってほしいみたいなことを仰ったから!」

(わたしったら、言い訳なんて見苦しい真似を……!)

口を押さえたけれど、言ってしまったあとだからもう遅い。が、謝ろうとしたそのとき、くくくっと笑い声が聞こえた。

「ごめん。私を喜ばせようとしてくれたのに。——だよね?」

と首を傾げられ、ジュディスは恥じらいながら小さく頷く。フレデリックはこの上なく幸せそうな笑みを浮かべ、「嬉しいよ」と言ってジュディスの額にキスをした。

「いくよ」

その言葉と共に、フレデリックがゆっくりと入ってくる。猛々しく脈打つ彼のものが、ジュディスを労わるように優しく侵入してくる。その感触に、ジュディスは泣きたいほどの幸せを覚える。

「——ごめん。痛かった?」

「いいえ、そうじゃないんです。幸せすぎて涙が……」

「くっこのタイミングで……!」

フレデリックが苦しそうに目を逸らし何か言う。ジュディスは目をぱちくりさせた。

「え？　今なんて？」

「いや。涙が出るほど幸せを感じてくれて嬉しいよ。——ね、もっと幸せになるために動いていいかな？」

「フレド。何だか顔色が悪いです。やめたほうがいいんじゃ」

「だッ大丈夫！　続きをすればよくなるからっ」

「きゃん！」

　性急に突き上げられ、ジュディスは悲鳴を上げてしまう。けれど、フレデリックには聞こえなかったようだ。一心不乱に腰を振り、快楽を追うのに没頭している。そんな彼を受け止めていると、なるほど、もっと幸せな気分になる。

　フレデリックを喜ばせるために恥ずかしいことでも言ってあげたいと思ったり、理性の箍(たが)が外れた彼の欲望も受け止めてあげたいと思ったりする。

（きっとこれがわたしの愛なんだわ）

　律動を受け止めているうちに何度か冷めかけた熱が煽られて、ジュディスはフレデリックと一緒に快楽の頂点へと舞い上がっていった。

＊　＊　＊

アントニアは、椅子に座って俯いて、両膝の上でこぶしを握り締めて必死に考えていた。

商人が裏切り者だとわかったからには、作戦を立て直さなくては。これまで商人の前で吐いてきた本音は、第三王子に筒抜けだと思ったほうがいいかもしれない。

失敗した。気を許すのではなかった。あいつに何でもかんでも話さなければ、今窮地に立たされずに済んだかもしれないのに。

アントニアはほんの少し顔を上げる。向かい合わせのソファとその間に長方形のローテーブルが置かれただけの簡素な部屋だ。白い漆喰が塗られた壁には、この場にあるすべての家具を積み上げても届きそうにない高いところに小さな窓があり、そこから差し込む明かりだけが、狭苦しい部屋をうっすら照らしていた。

でも、罪人の待遇としては悪くない。ソファにはクッションが張られて座り心地はそこそこだし、床には赤茶の絨毯が敷かれている。この部屋の奥には寝室もあって、ここがどこなのかわからなくとも、貴人を収監するための部屋であることは察せられた。

あの鈍い女の口利きだと思うと、「何であの女の言葉は優遇されるのよ。わたしより上等な女だと言いたいわけ？」とムカつくけれど、今はこれをチャンスと見るべきだ。お人好しなあの女のことだ。無罪放免を訴えてくれたかもしれない。

だとしても、それだけでは無罪にならないだろう。あとは自分の演技力次第だ。

すでに後悔した女を演じ、ここへ連行してきた男のうち一人の同情を誘うのに成功している……と思う。心配そうな顔をして扉を閉めたから。

この部屋に閉じ込められてから、二度食事が運ばれてきた。夜と朝、一回ずつ。その際も、食事を運び入れた男と廊下で待機していた男に必死に頼み込んでおいた。「謝りたいんです！　どうかジュディスと会わせてください！　フレデリック殿下にそのように、どうかどうかお取り次ぎを！」と。第三王子はむしろ会わせまいとして、代わりに自分が足を運んでくるかもしれない。

その目論見は当たった。少し前、王子が来ると連絡を受けたのだ。

朝食のトレイが片付けられたローテーブルを睨み付け、アントニアはこれから始まる大舞台に向けて意気込んでいた。

（こんなところで人生転落してなるものですか。絶対無罪を勝ち取ってみせるわ。そしてあの馬鹿な女より幸せになってやるんだから！）

ふと幾つかの足音が近付いてくる音がして、ノックもなしに扉が開く。はっとして顔を上げれば、大きく開かれた扉から第三王子が入ってくるところだった。アントニアは急いで立ち上がり、ソファの横に退いてからスカートをつまんで腰を低くする。

平たい箱に紙とペンとインク壺を入れて運んできた侍従らしき男に、ソファに座ったフレデリックは退室を促す。男が一礼して出ていき扉が閉まると、フレデリックはアントニアに声をかける。

「まずは座れ。ジュディスに会わせろとのことだが、まずは話を聞かせてもらおうか」

何と都合の良い展開。顔が緩んでしまいそうになるのを精一杯引き締め、「失礼します」とソファに座り直してから涙声を作って話し始めた。

「先に殿下に謝らせてください。申し訳ありません。わたし、どうかしていたんです。親友を誘拐してどうこうしようだなんて。ほんの少し、ジュディスに腹を立てていただけだったのに。『殿下の婚約者になった途端、わたしはあなたの親友じゃなくなったの？』って。わかってはいるんです。殿下の婚約者になったジュディスは忙しくて、わたしのために時間を割くのが難しくなっていたことは。なかなか会えないだけで、ジュディスはわたしを捨てたわけじゃないって、心のどこかでわかってたんです」

湊をすする演技をここで入れる。

残念ながら、第三王子が何を考えているかは窺い知れない。組んだ足の上に両手を置いて、感情を少しも顔に出さず、じっとアントニアを見ているばかりで。

もっと演技に熱を入れないと。アントニアは涙をぽろりとこぼしてみせる。

「今回のことは気の迷いだったんです。懇意にしている商人に唆されて――」

（そうよ。わたしは唆されたのよ。でも何であいつはわたしに誘拐をさせようとしたの？）

そこまで思い至ったところで、アントニアは愕然とした。

――ええ。おかげで大変儲けさせていただきました。ですが、もっと儲けさせてくれる上得意がいましてね。

　あのような状況下で言ったからには、その上得意とは——。

「まさか……」

　アントニアは演技を忘れ、目を見開いて第三王子に見入った。

　感情の一切なかった天使の顔に、このとき皮肉げな笑みが浮かぶ。

　それですべてを察した。

「どうして、わたしにジュ、ジュ、ジュ、ジュディ、ディスを誘拐させたの……？」

　驚愕冷めやらないアントニアに、第三王子は先程までの無表情が嘘のように、不貞腐れた顔をして肩をすくめる。

「だって、ジュディスってば全然おまえの本性に気付かないんだもん。大誤算だよ。ジュディスがあんなにおまえの味方をするなんてさ」

　おまえおまえと、やけに知り合い感を出してくる。アントニアの名前を覚える気などさらさらないと感じていたけれど、どうやらかなり意識してくれていたらしい。

（っていうか、それって嫉妬？）

　この話の決着点を見失い、アントニアはどう反応したらいいかわからなくなる。

　困惑しながら次の出方を窺っていると、第三王子はアントニアの気持ちなどまるで気にせずべらべらとしゃべり出した。

「最初は便利だと思ったんだ。意外に男避けになって、裏で手を回すより手間が省けてね」

（ん？）

引っかかりを覚えながらも、黙って話を聞き続ける。

「私が帰国したら、おまえにはさっさと退場してもらうはずだったんだ。ところがジュディスがおまえと縁を切りたくなさそうにするから、話がややこしくなった。ジュディスに反感を持ってる貴族たちの中にわざと置き去りにされても気付かないし、おまえが身の程知らずのことをしたのにも気付かず、おまえを避けた私に説教をしてくる。王太子妃殿下たちにおまえの悪行を伝えられても、信じると言って憚らなかったし。おまえがジュディスの親友でいる時間が長すぎたのが、大誤算の原因だろうな。それで仕方なく、おまえが本性を現せる舞台を用意したんだ」

アントニアは唖然として口を大きく開いた。

（「親友でいる時間が長すぎた」？　って、それって――）

そこから導き出せる答えに行きついたとき、アントニアは立ち上がって怒鳴った。

「あんた、あの女から男を遠ざけるためにわたしを利用したのね⁉」

（信じられない！　信じられない！　信じられない！）

自分は七年も前から、目の前の若造の手のひらで転がされていたのだ。となれば。

アントニアは「失礼しました」としおらしく言って、再びソファに腰かける。姿勢を正し上品な笑顔を作って確認した。

「昨日の誘拐が殿下の差し金ということでしたら、わたしは当然無罪ですわよね？」

首謀者のおまえに有罪にされてたまるかとばかりに、そう主張する。すると第三王子は「う〜ん」と唸って人差し指でこめかみを叩いた。

「無罪というか、今回のことはなかったことにしてもいいんだけど」

（やった！）

アントニアは心の中で快哉を叫ぶ。

が、第三王子はちらりとアントニアに視線をくれて、悩んだ様子で話を続けた。

「今回のことで、さすがにジュディスも見限るだろうから、おまえはもう要らなくなったんだ。野放しにすれば何かやらかしそうで心配だな。……いっそ消そうか。人ひとり消すくらい簡単だし。おまえがいなくなったところで、喜ぶ奴はいても悲しむ奴はいないし」

失礼なことを言われた気がしたけど、それどころではなくなった。

（何でかしら？　身体が震えて止まらない……）

ふざけた様子ながらも、第三王子から得体の知れない怖さが漂ってくる。

ふと、ジュディスに平謝りしていた貴族たちの姿を思い出した。あれを見たとき、アントニアは彼らに腹を立て、馬鹿にした。

（わたし今、あいつらと同じ立場に立たされてる……？）

いや、それどころじゃない。第三王子はこう言った。

――いっそ消そうか。人ひとり消すくらい簡単だし。

アントニアの全身から、ざあっと血の気が引く。

フレデリックはそれまでのふざけた様子を消し、冷汗をかき呼吸すらままならないアントニアを、傲慢な笑みを浮かべて見据えた。

「おまえに選択肢をやろう。私の言うことを聞いてジュディスの前から消されるだけで済ませるか。私の言うことを拒んでこの世からきれいさっぱり消え去るか。言っておくけど、私は本気だよ？」

＊　＊　＊

誘拐未遂のあった日から一月半が過ぎた六月半ば、ジュディス宛にアントニアから手紙が届いた。

――先日はどうかしていた。王子殿下との結婚が決まったジュディスが羨ましくて妬ましくて、それであんな犯行に及んでしまった。心から反省している。王子殿下に口添えをしてくれてありがとう。おかげで罪に問われることなく解放され、今回のことがきっかけでずっと好きだった人との結婚に踏み切ることにした。その人の都合で急遽海を隔てた遠い国に移住する。この手紙がジュディスの手元に届く頃には、わたしは船上にいる。もう会うことは叶わないが、遠くの空でジュディスの幸せを祈っている——という内容だった。

一人で手紙を読むのが怖くて、フレデリックに頼んで側にいてもらった。豪華な居室に置かれた座り心地のよいソファに並んで座って、肩を抱かれながら読んだ手紙に、ジュディスはぽろりと涙を零した。

「あんなことがあったからもう友達には戻れないけれど、最後くらいは直接お別れを言いたかったわ。七年間、アントニアがいてくれて心強かったのは事実だから」

フレデリックがハンカチを出して、涙を吸い取ってくれる。

「すまない。私が我を通そうとするあまり、君を苦しめてしまったね。せめて婚約しておけばよかった」

言葉を選んだつもりだったけれど、やはり気に病ませてしまったらしい。しゅんとしてしまったフレデリックのほうを見て、ジュディスは微笑んで「いいえ」と言う。

「未成年の殿下と婚約していたら、罪悪感から逃げ出してたかもしれないから、しなくてよかったんです」

「君は本当にお人よしだね。ま、君のそんなところに僕は救われたんだけど」

（お人よしか。本当にそうよね）

ジュディスは自嘲し、フレデリックの肩に頭をもたせかけた。

「実はね。アントニアに誘拐されたこと、ちょっと感謝しているんです」

「え……？　どうして？」

驚いた声を出して問いかけてくるフレデリックに、つい「ふふっ」と笑い声を漏らす。

「薬を嗅がされて箱に入れられたとき、二度と殿下に会えないと思って、すごく怖くなったんです。そんなとき、殿下との日々を思い出して。もう会えないなんて絶対嫌だと思って、口が利けなかったから心の中で叫んだんです。殿下、助けてって。そうしたら殿下が助けに来てくれて、奇跡かと思いました。それで……殿下のお姿を見たら、わたし、殿下のことがすごく好きだって思って……」

上手く言葉にできない。もどかしく思いながら言葉を探していると、肩に置かれていた大きな手が前に回され、ジュディスはフレデリックにぎゅっと抱きしめられていた。

「僕も。君を失ったらと思うと、気が狂いそうだったよ。だから、箱の中から君を見付け出したとき心底ほっとしたんだ。もう二度とこんな思いをするのは嫌だよ。僕の大事な人というだけで、君は常に危険にさらされているんだ」

ジュディスは頼もしい人の肩に頬をすり寄せた。

「ごめんなさい。もう勝手な行動はしないわ」

「ジュディスにそう思わせてくれたことだけは、私も感謝かな？」

ジュディスはどきっとして身体を強張らせる。フレデリックが『私』と言うと、どうも落ち着かない気分になるのだ。そのことは彼も気付いていて、効果的に使ってくる。

「あれ？　ジュディス？　どうしたの？」

「どうしたのじゃあり――って、何で紐を解くんですか!?」

今日の室内用のドレスは腰回りや襟ぐり、袖に紐があって、それを引き絞って着付けるものだ。紐を解けば身体から滑り落ち、あっという間に肌着姿になってしまう。フレデリックが解き始めたのは襟ぐりの紐で、蝶々結びをするっと解いただけで襟周りに巡らされた紐は簡単に緩んだ。続いて人差し指を軽く引っかけて引っ張ろうとするので、ジュディスは慌てて胸元を押さえる。

「殿下っ！　ここは寝室ではありません！」

「人払いしてあるから大丈夫。それより、また殿下って呼んだね？　いい加減フレドって呼んでくれないか？　そうだな、ペナルティをつけようか。私をフレド以外の名前で呼んだら、ジュディスが嫌がることをする、とか。まずはペナルティ一回だな」

フレデリックはいとも簡単にジュディスに背を向けさせると、背中側の襟ぐりを引っ張って肩甲骨の上にキスをする。

「まま待ってください！　で――フレドっ！」

ジュディスは真っ赤になって叫ぶ。フレデリックはジュディスの顔を覗き込んでにんまりした。

「よくできました。じゃあ寝室に行こうか」

フレデリックはジュディスを立たせ、背中に手を回して促す。

「え!?　まだ昼間なんですけど！」

「居室じゃなきゃいいんでしょ？　人払いもするし」

足を踏ん張ろうとしながら、ジュディスは説得を試みた。

「わたしの嫌がることはしないいんじゃないんですか!?」

「さっき散々殿下って呼んでたじゃないか。それをまとめてペナルティ一回にしてあげた上に寝室に移動するんだ。大した温情だろ？」

「そんなの温情じゃありません！」

ジュディスの叫びが、開け放たれ暖かな風を招き入れる窓の外まで響いた。

エピローグ

七月。すっかり若葉が生い茂り、日に日に気温が上がってくる季節。まだ汗ばむほどではない爽やかな陽気の良いお日柄。ティングハスト王国第三王子改め初代エヴリン公爵フレデリック・エヴリンと、ビンガム伯爵の長女ジュディス・パレッドの結婚式が行われた。

フレデリックが王位継承権を返上し、王家から籍を抜いたのは、先月末のこと。

実は、ずっと前から内々に話があった。フレデリックが活躍しすぎて、彼を王位に就けようなどとよからぬことを考える輩が現れたからだ。そこでその芽が伸びる前にフレデリックを臣籍に下らせようということになっていた。

ちなみに、それを報告したのも対処を提案したのも、当事者であるフレデリックだ。彼は臣籍に下るだけではまだ足りないと、王領から割譲されることになる領地に籠もり、政治の世界から身を引くと宣言した。齢十八にして楽隠居である。

――といっても、知恵が必要なら貸すから、使者でも寄越して。あと、私を次期国王に担ぎ上げようとする奴らは、責任持って叩き潰しておくよ。私が幽閉されているという噂を流してやれば、奴らは必ず助けに来るだろう。

つまり、救出するつもりで襲ってきた貴族を捕らえて処罰することで、フレデリックに裏切られた、または彼は敵だという思いを植え付け、彼を次期国王にしようとする勢力に二度とそのような気が起こせなくなるようなダメージを与えるつもりなのだ。

その話を夫から聞いたビンガム伯爵嫡男ウィリアムの妻ディアナ・パレッドは、フレデリックがジュディスを結婚させまいとして何をしてきたか知っているが故に、空恐ろしいものを感じて身震いしたのだった。

「どうしたの？　ディアナ」

声をかけられ、ディアナは物思いから覚める。

今はジュディスたちの結婚式から数日後、ディアナは王太子妃の公務に随行している最中だ。馬車に乗り、王太子妃が車窓から人々に手を振っている間、うっかり考え事をしてしまった。カタコトと揺れる馬車の中、正面に座る王太子妃に謝罪する。

「ごめんなさい。ちょっとフレデリック殿——エヴリン公爵のことを思い出してしまって」

王太子妃は、フレデリックと聞いただけで身震いした。彼女も彼の所業を思い出したようだ。

「エヴリン公爵はとんでもない策士だったわね。聞いてる？　ジュディス様の親友のこと」

「いいえ。何の話ですか？」

「あの人、平民と結婚するために海を渡って遠国に行ったたって話じゃない？　九年越しの許されざる大恋愛ってことで、それまで流れていた彼女の噂が疑問視されて今社交界を沸かせているけど、でも真相は違うそうよ。わたしたちじゃジュディス様からあの人を引き離せなかったから、公爵が何らかの策を弄して、ジュディス様自身があの人を見限るように仕向けたそうなの。それで用無しになったから、あの人を遠い国へ追い出したというのが本当のところだそうよ。――もしかして気付いてた？」

曖昧に微笑むディアナに気付いて、王太子妃は窺うように尋ねてくる。

「エヴリン公爵なら、それくらいのことはしそうだと思っていました」

王太子妃は、宙を仰いで溜息をついた。

「何をしたか知らないけど、あれほどあの人のことを信じるって言っていたジュディス様に見限らせるなんて、公爵は本当に恐ろしい人よね」

「ええ、本当に」

ディアナは大きく頷いて同意する。

自分以外の男との結婚を阻止するために、フレデリックは七年前からジュディスの実家の人々を脅していた。フレデリックなら取引と言いそうだが、あれは脅迫と変わらない。

ディアナが王太子妃の侍女になったときから、ウィリアム・パレッドはディアナに恋をしていたのだという。しかし、ウィリアムは王太子の秘書官としては優秀でも、色恋にはてんで奥手だった。そんなウィリアムとディアナの仲を取り持ったのがフレデリックである。彼は二人を結婚させるよう兄王太子に頼んだ。

実は王太子夫妻の縁談をまとめたのもフレデリックだった。

隣国であるため少なからず交流のあったティングハスト王国と王太子妃の母国。だが、王太子妃の母国は小国ゆえに、ティングハスト側には何のメリットもなかった。幼少からお互いを知り、年頃になって相思相愛になるも叶わぬ恋と諦めていた二人は、フレデリックが外交を駆使して王太子妃の母国の婚姻にメリットを作ったことで見事その思いを成就させた。そして王太子夫妻はフレデリックに大きな貸しを作った。

故に、頼みごとをされると断れない。というか、断れば離婚に追い込まれそうなので従わざるを得ない。

王太子妃は無理強いはしたくないと一言断りつつもウィリアムと引き合わせた。ディアナはというと、逢瀬を重ねるごとに彼の誠実な人柄に絆され、めでたく結婚となった。

奥手で気の利かない嫡男の縁談を心配していたジュディスの両親は、フレデリックが嫡男の縁談をまとめてくれると聞き、彼の〝お願い〟を聞かざるを得なくなった。

その〝お願い〟とは、ジュディスの縁談を白紙になるまでのらりくらりと躱すことと、ジュディスが社交界を厭うようにするために社交場では彼女とできるだけ別行動を取ること。彼女の両親にとって、不可解で受け入れにくい内容だったことと思う。けれど、フレデリックが必ずジュディスと結婚すると告げたため、仕方なく受け入れた。

フレデリックと結婚したジュディスが幸せそうにしているのを見て、一番安堵したのは彼女の両親だろう。嫡男の幸せのためにジュディスを七年間不幸にした負い目がある。

負い目といえば、ディアナと王太子妃にもあった。

社交界ではジュディスに近付くなという要求をされたことだ。彼女の両親と同様、社交界では別行動を取るように、と。それはウィリアムにも、王太子にも国王夫妻にも告げられた。訳がわからなかったけれど、無視をすればフレデリックがどういう行動に出るかわからないので、従わざるを得なかった。これにより王家の人々はジュディスとの関係を断ち切られたけれど、家族であるディアナたちは社交界以外でジュディスのために心を砕いた。――それもきっと、フレデリックの計画の内だったのだろう。家では気遣われても、社交場では一緒にいてくれない家族たちから、ジュディスの心は次第に離れていった。

先日まで、ディアナの心にはこんな思いが渦巻いていた。

（ウィリアムと結婚できて幸せだし、そのことで殿下に感謝してるし、だからこそ殿下のお好きなジュディス様の助けになりたいって思うのに、何故それを許してくれないの？）

その思いは王太子妃も同じで、二人で「許可が下りたら真っ先に力を貸しに行きましょうね」と互いに誓った。

が、唯一許された接触の機会は、残念な結果に終わった。

先月、ジュディスの親友が名誉を回復されてティングハスト王国を去ったとき、示し合わせたわけでもないのに、ディアナは王太子妃に面会を求め、王太子妃はディアナを呼び出した。そうして気付いたことを話し合えば、考えはぴたりと一致する。

(フレデリック殿下は、ご自分以外をジュディス様に近付けたくなかったのよ)

ジュディスがヒントを与えてくれていた。

――アントニアは、わたしが誰からも相手にされず一人ぼっちで辛い思いをしていたとき、ただ一人話しかけてくれたんです。

非公式のお茶会でジュディスがそう言ったとき、胸がとても痛かった。二人が親友になった当初、ディアナはまだジュディスと出会っていなかったけれど、出会ってからはいくらでも寄り添えるチャンスがあった。にもかかわらず、フレデリックの意向に背いてもし今の幸せを壊されたらと恐れ、文字通りジュディスを見放したのだ。

王太子妃も罪悪感を覚えたのだろう。ジュディスの親友への想いを聞いたすぐあと、その話題を打ち切った。

プライベートなお茶会へジュディスを招待するのと同時に、フレデリックに頼まれたこと。それはジュディスに忠告することだった。王太子からフレデリックへ忠告が失敗したと伝えてもらったとき、フレデリックは何故か口元に笑みを浮かべたという。

その理由が、今ならわかる。

先日の結婚式でジュディスと二人きりになる機会があり、そのときフレデリックの真の目的を悟ってディアナは愕然とした。

――王太子妃殿下のお茶会に招かれたとき、失礼なことをしてごめんなさい。ディアナ様や皆様が仰った通りだったんです。アントニアは……。

ジュディスは親友と呼んでいたあの女の本性を知ったのだろう。そしてあの女を庇うため反論した自分を恥じていた。

――本当はディアナ様にも合わせる顔がないんですけど……。

義理堅いジュディスのこと。フレデリックが結婚して公爵領に引きこもろうとしても、挨拶を欠かしてはいけないと主張して王都に出てきてもおかしくない。けれど、親友の一件のせいで、ジュディスはディアナだけでなく、社交界中の人とも合わせる顔がなくなってしまった。

(殿下はなんて独占欲が強いのかしら……)

ジュディスの身辺だけでなく、心の中からも他人を追い出してしまった。

七年間もジュディスの親友の座に居続けたあの人。フレデリックが見逃すとは思えないから、意図的にジュディスの側に配されていたのだろう。あの人本人はそうと気付いてなかっただろうが。

ジュディスは多分もう二度と王都には来ない。フレデリックに言いくるめられているだろうが、そうしてもらうことで、社交界に出なくて済んでほっとしているはず。

王太子妃はしみじみと言った。

「ジュディス様は大変な方に目を付けられちゃったわよね」

「本当に……」

ディアナも深く同意する。そして、車窓から晴れ渡る空に積み上がった雲を見上げた。

ジュディスはすでに、フレデリックと共にエヴリン公爵領に旅立った。今はその旅路にあるだろう。フレデリックは、ジュディスを王都へ行かせないばかりか、公爵領からも、下手すれば屋敷からも出さないような気がする。

（これからが大変そうね、ジュディス様）

ディアナは心の中で呟く。そして最早届けることのできないエールを送ろうとして、やっぱりやめた。

（頑張って、なんて必要ないわね。ジュディス様は必ず幸せになれるわ。だって、理不尽な世界にいるより、好きな人に愛されることこそが幸せだもの）

＊　＊　＊

入道雲が絶えず生まれる、暑い盛りの八月の半ば。ティングハスト王国でも北のほうに位置するエヴリン公爵領は、王都よりも過ごしやすい気候だった。それでも公爵邸では窓を全開にし、外から風を取り入れている。

数年前から改修が行われ新築同様になった屋敷では、シャツを着崩した主人が朝から不貞腐れていた。

今は昼下がり。屋敷脇の大木の木陰で、涼しいドレスをまとったジュディスと二人、のんびりお茶の時間を楽しんでいる。

結婚してエヴリン公爵領に移り住んでからというもの、ジュディスは屋敷の敷地から外に出してもらえない。フレデリックを次期国王に担ぎ上げようという勢力が、まだ動きを見せているのだそうだ。警備体制が整っていないため、外に出れば警備の者たちが大変な思いをする。そんなことを聞かされてしまっては、我儘など言えるはずもなかった。

フレデリックは、結婚式の前の月に王位継承権を返上し、王族から籍を抜いた。そしてエヴリン公爵位を与えられ、臣籍に下っている。ジュディスが無理だと思っていた隠居を、フレデリックは見事手に入れた。

七月末に公爵領に到着し、新しい生活をスタートさせて約半月。たまに人の叫び声や剣がぶつかり合う音が聞こえて恐ろしい思いをしたけれど、フレデリックは毎回「何でもないよ」とあまり安心できないことを言って慰めた。とはいえ、繰り返されるうちに慣れていってしまったジュディスもどうかと思うが。

屋敷の外に出られないということは、公爵領からも出られないということで。

西の孤児院のことやビンガム領の修道院の件は、一度は出向いて手伝いたかったのだけれど、フレデリックが選んでくれた責任者が大変優秀で、ジュディスの出番はなさそうだ。着々と孤児の移住の手筈を調えて、定期的に報告書を送ってくれる。

もちろん王都に出ることはできない。でも、そのことには正直安堵している。

ジュディスを心配して、アントニアと縁を切れと言ってきた人たち。ジュディスは忠告に従わなかったけど、実際はあの人たちのほうが正しかった。それなのに、フレデリックにアントニアの名誉回復までしてもらったことで、最終的にあの人たちのほうが間違っていましたという形になってしまい、申し訳なくて合わせる顔がない。王都に行けない理由があることにちょっとだけ、いや、すごく助けられているのだった。

エヴリン公爵領は深い森がほとんどで、領民も少なければ孤児院も修道院もない。領内で奉仕活動ができなくなった代わりに、修道院のバザーで売ってもらうための手袋や靴下を編んでいる。それ以外やることがないのではと思いきや、のんびりしたいというフレデリックに付き合っているのでまったく退屈しない。

丸テーブルの脇に置かれた椅子に深すぎるほど腰かけて、フレデリックは不機嫌を振りまき続けている。対面の椅子に座っているジュディスは、呆れて言った。

「そろそろ機嫌を直してください」

「……そう簡単には直せないよ」

「仕方ないじゃありませんか。誕生日が来たら一つ歳を取るのは当たり前なんですから」

フレデリックは丸テーブルに突っ伏して嘆いた。

「嫌だ〜！　またジュディと歳が離れるなんて〜」

そう。今日からまた五か月近く、二人の歳の差は八歳になるのだ。

ジュディスは溜息をついた。どうやら、ジュディスよりフレデリックのほうが気にしているらしい。

(そうよね、フレドは十三年も歳の差を気にし続けたんだものね)

それでは根が深くても仕方がないのかもしれない。ちなみに、散々罰を与えられ、さすがのジュディスも彼をフレドと呼ぶことに慣れた。

未だテーブルに突っ伏して嘆く愛しい人に、ジュディスはこの上なく優しく微笑みかけた。

「フレド。今日からお互いの歳を数えるのをやめましょう」

ジュディスの提案を耳にして、フレデリックは涙で潤んだ青玉の目を上げる。そんな子供っぽい様子も実は好きだったりする。ジュディスは頬を緩ませながら話して聞かせた。

「数えるから気になってしまうんです。子供の頃はともかくとして、フレドもわたしももう大人なんですから、歳なんて気にしなくていいんじゃないかなって思うんですけど」

「……こっちに来て」

不貞腐れたままそう言うフレデリックに、ジュディスは小さく溜息をつく。

（仕方ないわね）

心の中でそう呟きながらも、本気で呆れているわけじゃない。テーブルを回り込みフレデリックの傍らに行けば、ジュディスは後ろ向きに腰を引かれて彼の膝の上に乗せられた。最近のフレデリックのお気に入りだ。膝抱っこすると、ジュディスが年下のように感じられて気分がいいのだとか。

人前でされるのは恥ずかしいけれど、これでフレデリックの機嫌が直るのなら安いものだ――というのは建前で、実はジュディスも甘やかされるようなこの姿勢が好きだったりする。フレデリックが調子に乗って所構わずするようになると困るので言わないが。

「今日は特別ですからね？」

羞恥に頬を染めながら釘を刺せば、青空の下に低くて深みのある笑い声が響き渡った。

あとがき

こんにちは。この本をお手に取ってくださり、ありがとうございます。

今回は年下ものを書かせていただきました。夫は年上に限るという世界観の中で、年下を恋愛対象に考える頭がまったくないヒロインを、ヒーローが四苦八苦しながら篭絡（ろうらく）していきます。お楽しみいただけると嬉しいです。

イラストを担当してくださった笹原亜美（ささはらあみ）先生、ありがとうございます！　愛らしい絵柄の中に色気もあって、すごくどきどきいたしました。

編集さん方やこの本の製作に携わってくださった皆さんには、前回に増してご苦労ご迷惑をおかけしました。申し訳ありません。無事刊行できたのは皆さんのおかげです。ありがとうございます！

そして、ご購読くださった皆さん、ありがとうございます！　またお目にかかれる日が来るのを願っています。

市尾彩佳

Sonya
ソーニャ文庫

この本を読んでのご意見・ご感想をお待ちしております。

◆ あて先 ◆

〒101-0051
東京都千代田区神田神保町2-4-7 久月神田ビル
(株)イースト・プレス　ソーニャ文庫編集部
市尾彩佳先生／笹原亜美先生

結婚できずにいたら、年下王子に捕まっていました

2022年9月5日　第1刷発行

著　　者　市尾彩佳
イラスト　笹原亜美
編集協力　蝦名寛子
装　　丁　imagejack.inc
発 行 人　永田和泉
発 行 所　株式会社イースト・プレス
〒101－0051
東京都千代田区神田神保町2－4－7 久月神田ビル
TEL 03－5213－4700　　FAX 03－5213－4701
印 刷 所　中央精版印刷株式会社

ISBN 978-4-7816-9731-4
定価はカバーに表示してあります。